鲁迅的都市漫游

东亚视域下的鲁迅言说

鲁迅：東アジアを生きる文学

[日] 藤井省三 著　潘世圣 译

新星出版社　NEW STAR PRESS

"有邻"丛书
发现不同视角下的中国

中国主题图书出版联盟策划出版。2018年,联盟由新星出版社策划并联合岩波书店、日本大学出版部协会共同发起,旨在集合中日出版界中坚力量,打造联合、开放、包容的出版平台,鼓励以多种方式策划出版中国主题图书,并在中日两国出版发行。

中国·新星出版社

日本·岩波书店

日本·大学出版部协会

日本·东方书店

中文版序

本书原为日本的学术出版社岩波书店所刊行，属该社教养启蒙系列丛书"岩波新书"之一种。初版印刷两万册，售罄后继续以电子书籍形式出版发售至今。韩文版也已刊行面世，不久中文版也将荣幸出版，我想这都受惠于鲁迅文学已经成为东亚现代经典这一事实。

现在，这本由日本鲁迅研究者面向日本读者写作的小书有机会被译为中文，以供鲁迅的祖国的读者们阅读批评，我感到由衷喜悦。

阅读和理解鲁迅文学，可以有若干不同的层面和文脉，譬如读者自身的阅读体验，鲁迅的个人史，或者是近代中国的文化社会史，乃至世界文学史，等等。无论是中学生出色的阅读感想文，还是文艺批评以至研究论文，都是在某个层面和脉络中进行深入广泛阅读的产物。在如何阅读和理解鲁迅这一点上，中国的文艺批评家以及现代文学研究者与日本的研究者大致相同,但也存在一些差异。

以我个人而言,在四十多年的鲁迅研究中,一方面依托了19世纪以来东京大学中文研究室所形成的考据学传统,以及20世纪后半叶开始在东京大学盛行的比较文学研究方法,另一方面则吸收借鉴了中国学界丰富而深厚的学术研究积累,最终摸索确立了自己的学术坐标,即在东亚文学史的文脉中阅读鲁迅。

我在多年前出版了《鲁迅〈故乡〉阅读史》一书,围绕着鲁迅如何创作《故乡》,而《故乡》在中国又如何为人们所阅读的问题,对《故乡》阅读史进行了探讨,并得出以下三个结论:

一、鲁迅阅读了俄国作家契里珂夫(1864—1932)的短篇小说《省会》的日文译本,并模仿《省会》创作了《故乡》,塑造了苦恼的中年男性和快活的少年两种人物形象,表现了辛亥革命后弥漫于中国农村的绝望与希望。

二、中国的《故乡》阅读因时代而不同,具有鲜明的时代特征。

三、鲁迅的模仿和创造以及中国"《故乡》阅读史"的变迁,与中国的社会历史密切相关,通过《故乡》阅读史可以生动地把握现代中国的脉络。

其后，我将研究重点转向"鲁迅与日本"这一领域，主要解决了以下三个问题：

四、在留日时期以及北京—上海时期，鲁迅通过阅读大量日文书籍，接触并学习了日本文学乃至世界文学。

五、20世纪30年代之前，鲁迅及其小说、散文诗创作受到过夏目漱石、森鸥外、芥川龙之介等人的影响；而20世纪40年代之后，日本的太宰治、松本清张、大江健三郎、寺山修司、村上春树等人则受到鲁迅的影响。

六、日本作家模仿鲁迅所建构的文学史以及日本鲁迅文学阅读的变迁，也同样与日本社会的历史紧密相关，通过日本的《故乡》阅读史可以切实地把握现代日本历史的流动轨迹。

在研究成果一至六项的基础上，笔者判断鲁迅在中日间的这种文学现象，推而广之应该也适用于东亚地区。于是召集北起韩国南到新加坡，再加上美国的中国现代文学研究者开始展开专题合作研究，先后进行了"20世纪东亚文学史中的村上春树""东亚的鲁迅阿Q形象系谱""现代东亚文学史国际共同研究"等三项国际合作研究，历时达十二年之久。

本书就是笔者上述鲁迅阅读和研究的集成。笔者的视点和方法与中国的鲁迅阅读究竟有哪些相似又有何等不同呢？——不知道会不会有读者带着这些问题来阅读本书。笔者由衷期待读者们的指教和批评。

　　本书的译者潘世圣教授多年来围绕鲁迅进行比较文学研究，发表了很多出色的论著。衷心感谢潘教授百忙中为本书的翻译费心劳神。

藤井省三

2019年9月1日，南京大学平仓巷宿舍

序言

要叙述现代中国，则鲁迅文学必定不可缺席。要叙述现代日本以及东亚，鲁迅文学同样不可缺席。当我们以鲁迅文学为坐标轴来展望现代日本和东亚时，可以清晰观察到东亚的个性与共性。

1902年，鲁迅在其留学的东京开启了自己的文学生涯，之后他在东亚诸城市生活并工作，最后定居上海，于1936年走完了自己的一生。鲁迅辞世距今已逾七十载，但直到今天，他的作品依然为中国乃至东亚各国的广大读者所阅读和喜爱。在日本，所有初中国语教科书都选入了他的作品，鲁迅文学几成日本的"国民文学"[①]。

作为本书的作者，我阅读鲁迅作品始于东京奥运会（1964

[①] 日语中的"国民文学"通常有如下两个含义：一、指一个国家所特有的可以代表和表现国家的文化、国民性的文学。二、被一个国家的国民广泛阅读、普遍认可的代表性文学作品。此处指第二种含义。

年)期间,本书的第一章就从这里开始。当时日本已进入经济高速起飞阶段,东京的空地和荒地急速消失,我也从一个小学五年级的棒球少年变成读书少年。一个很偶然的机会,我读到了鲁迅那篇珠玉般精美的小说《故乡》。后来我上了大学,专攻中国文学,并在20世纪70年代末期,作为最早的一批交换生来到中国。留学期间,我曾四次访问鲁迅的故乡绍兴,并被这个自20世纪初叶以来仿佛一直在沉睡的小小古城深深吸引。

第二章主要叙述鲁迅的南京读书时期;第三章则关注鲁迅在东京和仙台的留学体验;第四章讨论鲁迅在北京一边于教育部任职,一边正式开始从事文学活动的情况;第五章和第六章讲述鲁迅经过厦门、广州、香港到达上海,与爱人许广平开始了中流社会的家庭生活,同时不惧危险,用笔杆子与国民党独裁政权展开激烈斗争。

第七章探讨从太宰治、竹内好到大江健三郎以及村上春树如何阅读、接受鲁迅;第八章考察中国香港和台湾地区,以及新加坡、韩国这两个东亚国家,如何形成阅读和学习鲁迅的传统,其共同点以及差异点何在等问题。

第九章再次将视线转向中国,试图描述以下一些问题:毛泽东对鲁迅的评价(鲁迅神圣化),邓小平时代基于"独立思考"的鲁迅再认识,大学升学率急遽上升以及竞争日益炽烈的应试教育所带来的中学生、大学生对鲁迅的疏远,还有最近出现的所谓鲁迅之死系日本医生谋杀等问题。

好,让我们一起开始周游鲁迅的东亚之旅!

目 录

中文版序 / I

序言 / V

第一章 我与鲁迅

    一、我的鲁迅体验 / 3

    二、《故乡》之旅 / 9

    三、邓小平时代的绍兴 / 15

    四、现代东亚与鲁迅 / 21

第二章 觉醒与出走——绍兴、南京时期

    一、生兹江南古城 / 29

    二、保姆与绘本 / 36

    三、父亲的病与传统批判 / 39

    四、告别故乡 / 46

第三章　充满刺激的留学体验——东京、仙台时期

　　一、留学"帝都" / 53

　　二、时间与空间差异的消失 / 56

　　三、置身"读书社会" / 59

　　四、仙台学医 / 64

　　五、文学运动的正式启航 / 70

第四章　从官员学者到新文学家——北京时期

　　一、从杭州、绍兴到北京 / 79

　　二、作为"文化中心"的北京大学 / 82

　　三、文学革命与五四运动 / 86

　　四、从官员学者到新文学家 / 91

　　五、"彷徨"时期 / 104

　　六、"赎罪"哲学的求索 / 118

第五章　恋爱、电影及绯闻——上海时期（上）

　　一、北伐战争与辗转厦门、广州 / 125

　　二、免遭查禁的《两地书》/ 128

　　三、共和国的发展与老上海的繁荣 / 141

　　四、文化市场的高速成长 / 145

第六章　左翼文坛旗手——上海时期（下）

一、对独裁的无畏批判 / 163

二、与内山完造邂逅 / 168

三、自由谈：与审查的博弈 / 173

四、抵抗日本侵略 / 177

第七章　日本与鲁迅

一、鲁迅与大江健三郎 / 183

二、世界最早的鲁迅介绍 / 186

三、文库版《鲁迅选集》与《大鲁迅全集》/ 191

四、中文教科书与鲁迅 / 196

五、太宰治《惜别》与竹内好《鲁迅》/ 199

六、多元化的鲁迅研究 / 208

七、鲁迅文学的日译 / 213

第八章　东亚与鲁迅

一、共同的现代经典 / 227

二、创造性改编：香港与鲁迅 / 229

三、民主化前后：台湾与鲁迅 / 233

四、"狮城"的特性：新加坡与鲁迅 / 240

五、脉脉相承的"鲁迅阅读"传统：朝鲜、韩国与鲁迅 / 243

第九章　鲁迅与现代中国

一、神化鲁迅：毛泽东时代 / 253

二、作为"独立思考"的读书：邓小平时代的鲁迅 / 256

三、暗杀鲁迅传闻的来龙去脉 / 267

四、村上春树与鲁迅 / 273

简略年谱 / 283

图片出处 / 287

译后记 / 289

第一章
我与鲁迅

绍兴鲁迅文化广场之鲁迅像

一、我的鲁迅体验

与鲁迅《故乡》邂逅

我与鲁迅的初次相遇,还是小学五年级的时候。那是1963年,即举办东京奥运会的前一年。我家住在东京大田区马込的一条20世纪50年代中叶修建的住宅街上,房子周围有很多空地,小学三年级之前,我每天都会在空地里玩棒球。但到了四年级,那个棒球少年却开始每天把自己关在小房间里看书了。因为周围的空地都开始造房子,不再有地方可以打棒球了。接着,都营地铁①浅草线也延伸过来,将马込与东京都的中心连接到了一起。

就在我从一个棒球少年摇身变为读书少年的时候,我遇到了鲁迅的小说《故乡》。小说的开头这样写道:

---

① "都营地铁",即由东京都运营和管理的地铁。

我冒了严寒,回到相隔二千余里,别了二十余年的故乡去。

时候既然是深冬;渐近故乡时,天气又阴晦了,冷风吹进船舱中,呜呜的响,从篷隙向外一望,苍黄的天底下,远近横着几个萧索的荒村,没有一些活气。我的心禁不住悲凉起来了。

阿!这不是我二十年来时时记得的故乡?

我所记得的故乡全不如此。我的故乡好得多了。但要我记起他的美丽,说出他的佳处来,却又没有影像,没有言辞了。仿佛也就如此。于是我自己解释说:故乡本也如此,虽然没有进步,也未必有如我所感的悲凉,这只是我自己心情的改变罢了,因为我这次回乡,本没有什么好心绪。

丧失的物语

时隔二十年,"我"重回故乡,却发现记忆中的美丽故乡如今已变成一片落寞的故土,于是禁不住悲凉起来。小说的叙事者"我"重归故乡,也是因为家道中落,要卖掉老房,带上母亲和侄儿告别故乡,前往异地开始新的生活。出现在"我"面前的儿时的小伙伴闰土,因为贫困,早已成为一个木偶般迟缓木讷的农民；那个年轻时贤淑美丽的"豆腐西施"杨二嫂也变成一个厚颜庸俗的中年妇人……

这篇关于"丧失"的物语，给我这个因奥运会带来的建设高潮而失去玩耍乐园的棒球少年以莫大感动。于是，暑假的读书作业我便选择了鲁迅的《故乡》。正是这篇小说第一次告诉我，成熟总是伴随着丧失。

后来，我又在中学国语教科书里与《故乡》重逢，到了60年代末期，日本发生高中校园纷争①，我看到毛泽东推赞鲁迅为"中国革命的圣人"，于是开始阅读岩波文库的《阿Q正传·狂人日记》以及筑摩书房出版的三卷本《鲁迅作品

---

① "高中校园纷争"，指20世纪60年代末期日本部分高中校园发生的学生运动。60年代中叶，以反对越南战争为契机，日本部分大学校园内掀起学生运动，到60年代末期，运动愈演愈烈，波及全国半数以上的大学，并出现了武装暴力等极端行为。随后，运动又波及许多高中校园，学生以抗议运动的方式呼吁改善学校环境、改革课程设置以及教学方法，要求废止学生制服，实现服装自由化等，后经政府采取一系列措施应对，运动得到平息。

集》。在竹内好①鲁迅观的影响下，我对鲁迅作品特有的浓重暗色产生了强烈共鸣。同样是在1970年，和我一样出生于1952年的歌手藤圭子咏唱"十五、十六和十七／我的人生多暗淡""圭子的梦啊，在夜里绽放"，那一年她获得了日本歌谣大奖。我想，在青春时代，对暗淡而非明快更有共鸣的，一定不止我一个人。不过无论如何，引导我去关注"暗"的思想的，确乎是竹内好的鲁迅研究。

凝视民族与自我的暗部

考进大学后，我选择了文学部中国文学专业。到了20世纪70年代中期，我则埋头写作硕士论文，探讨20世纪初叶的鲁迅如何接受英国浪漫派诗人拜伦等问题。

1840年鸦片战争之后，中国对外受到欧美和日本侵略，对内则有太平天国运动（1851—1864）以及其他农民起义，

---

①竹内好（1910—1977），现代日本中国文学研究者、评论家。1934年毕业于东京帝国大学支那文学科，同年与同伴成立"中国文学研究会"，编辑刊行《中国文学月报》，1944年出版现代日本最早最重要的鲁迅研究专著《鲁迅》；后作为在野评论家针对日本的近代、国民文学以及现代中国等问题展开一系列评论和研究活动，1953年任东京都立大学教授，1960年为抗议《日美安全保障条约》而辞职，其后继续从事中国研究。在鲁迅评论和研究以及鲁迅文学翻译方面贡献尤为卓著。

在内外双重夹击之下，中国逐渐走向衰落；而日本则在历经明治维新、甲午中日战争（1894—1895）及日俄战争（1904—1905）后，大力推进建设民族国家并实现欧化（近代化）。面对中日两国的差异，"究竟该如何拯救中国？""中国需要走何种近代化道路？"成为留日学生鲁迅和他的老师，那位"有学问的革命家"章炳麟（1869—1936）以及二人共同的好友苏曼殊（1884—1918）——他曾试图联合印度的独立运动家，向佛教寻求革命家的道德①，后来成为一个漂泊的诗僧——在20世纪初叶所欲致力解决的课题。我曾考察他们三位有关拜伦的批评和翻译活动，试图还原他们充满纠葛和搏斗的精神历程。在这个过程中，我认识到鲁迅正是为了追求光明，而凝视自己的民族以及其自身的暗部。

完成硕士论文后，我即于"文化大革命"（1966—1976）结束后不久的1979年，来到中国留学。1972年，日中邦交实现正常化，但直到六年后的1978年，《日中和平友好条约》才正式签订。因此日中政府间的留学生互派制度直到1979年

---

①苏曼殊一生三次出家，其生活、文学以及革命活动均与佛教关系密切。一般认为，苏曼殊在清末革命中所表现出来的"断割贪痴"淡名利的思想，与"佛法断割贪痴、流溢慈惠"的影响有关。其追求的"革命家的道德"亦即革命乃为反抗社会而非为个人名利之信仰。

才得以施行。在北京滞留一个半月以后,我被分配到上海的复旦大学,当时那里尚能看到"文革"时期的混乱以及毛泽东时代的痕迹。我刚入学时,学校的研究生院制度还没有恢复,一些知名教授还戴着"反革命分子"的帽子,被迫在校内打扫卫生,进行劳动改造。而这些教授得以平反昭雪并重回讲台,还是我结束留学回国之后的事。

二、《故乡》之旅

绍兴之旅

由于上述缘由,我便找了个理由,离开学校去外面旅行。鲁迅的故乡绍兴位于上海的西南方,中间隔着杭州湾,坐火车要六个小时。留学的一年时间里,我曾四次前往绍兴。绍兴河溪纵横交错,是一座静谧的水乡小城。那里春天油菜花盛开,而夏天路边会摆满卖甘蔗的小摊儿,甘蔗切成30厘米一截,市中心解放路上熙熙攘攘的行人用它来润喉止渴。到了收获的秋天,人们忙着晾晒稻谷,火车站前、马路上、小桥上,整个城市到处都铺满金灿灿的稻子,给人留下深刻的印象。

在去绍兴旅行之外,留学一年的最大成果,便是感受到十年"文革"后中国的凋敝现实。我至今仍清晰记得,回国前我与几位关系比较好的加拿大、德国、丹麦以及菲律宾的留学生们一起交谈,大家都觉得对十年"文革"中那种社会

绍兴风景（1979年）

主义已经不能再抱幻想了。

关于《故乡》的意外发现

回国后,我先后担任了东京大学助教以及樱美林大学副教授,在教书的同时,对鲁迅与日本、欧美文学的关系进行比较研究,先后出版了《俄国的影子——夏目漱石与鲁迅》(平凡社选书)、《爱罗先珂的都市物语——一九二〇年代的东京、上海、北京》(美篶书房)等研究著作。在这个过程中,围绕着《故乡》我竟然获得了远远超出意料的发现。

1921年1月,鲁迅创作并发表了小说《故乡》,1922年5月,鲁迅前一年根据日本新潮社版《契里珂夫选集》重译

第一章 我与鲁迅

留学时期的笔者（1980年，于绍兴）

1980年的绍兴

的《连翘》及《田舍町》[①]两篇小说，收入世界文学短篇集《现代小说译丛》（上海：商务印书馆）并出版问世。《省会》的主人公"我"是一位革命派知识分子，时隔二十年，"我"乘汽船沿伏尔加河顺流而下重返故乡，但故乡的街景已变得一片陌生，"我"不禁深感寂寞，回想起令人怀恋的少年和青春时代，赶去与学生时代的友人重逢。友人已是警察署的新任副署长，正忙于镇压民众。重逢令"我"深深失望。

《省会》和《故乡》的故事情节极为相似，考虑到《故乡》的创作与契里珂夫两篇小说的翻译都在同一时期进行，可以判断，鲁迅应该是模仿《省会》而创作了《故乡》。

---

①中文名分别为《连翘》《省会》。

契里珂夫的影响

契里珂夫(1864—1932)系俄国左派作家,活跃于俄国第一次革命时期(1905年)。1920年,由关口弥作翻译的文库版《契里珂夫选集》在日本刊行。日本大正时期,俄国革命曾给予日本自由主义者以及左翼文学青年以强烈影响,这些人都是契里珂夫的忠实读者。

鲁迅在翻译这两篇作品时,参考日本版《契里珂夫选集》译者序,撰写了《〈连翘〉译者附记》,并在文中介绍了契里珂夫的经历:他"从小住在村落里,朋友都是农夫和穷人的孩儿;后来离乡入中学,将毕业,便已有了革命思想了。所以他著作里,往往描出乡间的黑暗来,也常用革命的背景"。鲁迅进一步指出:

> 他的著作,虽然稍缺深沉的思想,然而率直,生动,清新。他又有善于心理描写之称,纵不及别人的复杂,而大抵取自实生活,颇富于讽刺和诙谐。

这篇并非只为《连翘》而写,它同时也是另一篇《省会》的附记。《连翘》以回忆的形式描写主人公少年时代的朦胧恋情,与有关革命的"深沉的思想"并无直接关系。反倒是《省会》一篇,以第一次革命后的俄国为背景,明显涉及"思想性"问题。

《故乡》对契里珂夫的创造性模仿

那么,鲁迅的《故乡》是否仅仅是对契里珂夫《省会》的单纯改编呢?《故乡》开头便说"我"对故乡已经"没有影像,没有言辞",这显然是在封堵对故乡风景的直接描写。但另一方面,鲁迅却召唤出回忆中的风景。当"我"从母亲口中听到儿时伙伴闰土的名字时,"脑里忽然闪出一幅神异的图画来",即月夜下海边那一望无际的西瓜地。在那里,少年闰土手握钢叉,向"我"连模样也不知道、来偷吃西瓜的小动物猹尽力刺去,但那猹却将身一扭,反从他的胯下逃走。小说开头对风景描写的封堵,反倒成为突出回忆中美好风景的伏线。

所谓的"猹"是鲁迅的造语,多年后鲁迅在回答编辑的求证时这样解释:"但我自己也不知道究竟是怎样的动物。这乃是闰土所说,别人不知其详。现在想起来,也许是獾罢。"(1929年5月4日《致舒新城》)

然而,当"我"与闰土重逢时,他已变得恍如他人,接着又听人说他将"我"家的碗碟藏在灰堆里以便偷偷拿回家去,于是记忆中的故乡风景"忽地模糊了"。可以说,《故乡》整体上都是围绕着风景来构思的。开头先是封堵风景的直接描写,接着是记忆中的风景突然登场,然后是记忆风景中"那西瓜地上的银项圈的小英雄"的消失。《故乡》的"归乡—

重逢—失望"这一情节安排,显然是对契里珂夫《省会》的模仿和学习,但故乡风景描写的曲折结构却无疑是鲁迅的独特创意。

在小说结尾,"我"坐在驶离故乡的小船中,慨叹"希望是本无所谓有,无所谓无的。这正如地上的路;其实地上本没有路,走的人多了,也便成了路"。"我"的"眼前展开一片海边碧绿的沙地来,上面深蓝的天空中挂着一轮金黄的圆月"。而"我"也孤独地置身于那少年不再的故乡风景中。

说到契里珂夫《省会》的时代背景,适逢俄国第一次革命遭受挫折,政治气氛一片消沉,于是人们每每在乡愁——那承载着甜美的青春和希望的过去——的世界获得休憩与慰藉。小说的开头,作者满怀深情地讴歌一如二十年前一般的伏尔加河夏日傍晚的景致,所表现的正是俄国知识分子的这一心理状态。鲁迅对契里珂夫的小说框架进行了大幅度重构,以此透视20世纪20年代中国知识分子的精神状态,并上升到了哲学层面,出色完成了《故乡》对《省会》的创造性模仿。

三、邓小平时代的绍兴

时隔十六年的绍兴之行

1992年,中国进一步推进改革开放,向市场经济高歌猛进,实现了经济快速增长。1995年末,恰如《故乡》中的主人公一样,我时隔十五年重访绍兴。20世纪80年代,在上海开往绍兴的火车上,很多乘客还是用化肥袋或大包袱皮作行李袋,里头塞得满满当当的,然后再用扁担挑在肩上。而到了1995年,这些都变成了时髦的旅行包和装满礼物的塑料袋。

在绍兴火车站前,待客的出租车成群结队,大街上满是载客的微型巴士,乘一次仅需一元钱。市郊高楼林立,市中心更是百货店一家挨着一家。过去仅有的一家对外国人开放的招待所,也变成了豪华的三星级酒店,食堂早餐是自助形式的中餐,以家庭为单位的客人比比皆是,人们的衣着也很漂亮。酒店的住宿费也从一晚12元涨到了200元……我当留学生的时候没有什么钱,曾到原本不允许外国人住宿的国营旅馆,再三央求,才得以与中国客人住在那种多床位的大客房里。当时确乎是一晚一元钱。人民币对日元的汇率这十几年来也下跌了很多,当年1元人民币可兑换170日元,而现在已变成了13—16日元。

繁荣的另一面……

在文化设施方面,过去仅有鲁迅纪念馆(1973年开馆)一家。到了1993年,漂亮的绍兴博物馆已经竣工,二层的展厅专门介绍绍兴市在第八个五年计划时期(1991—1995)的巨大发展:农民的人均年收入由1212元增加到2950元,城市工人则由2161元增加到7300元,分别是原来的2.5倍和3.5倍;绍兴市在教育方面也狠下功夫,大学和中专升学

绍兴博物馆前(1995年)

率位列浙江省第一，绍兴大学成立筹备工作也在积极进行。不过，在繁荣的另一面，环境污染以及垃圾处理问题也越来越严重。过去干净的空气被废气污染，曾经静静流淌的河溪漂浮起一片片泡沫；郊外的菜地几乎被塑料垃圾包围。远处，一位中年男子拉着一辆满载废纸箱、废纸的三轮车，一路捡拾路边的废纸，细心地展开抚平，再放到车上。这个情景深深印在我的脑海中。

今日之绍兴

如今，又一个十五年过去了。2010年12月，我再次来到绍兴。这十五年的变化，比上一个十五年（1980—1995）更加醒目。绍兴饭店于十年前再次进行了大规模改建装修；客房数量和停车场面积大幅度增加（但豪华庭院的面积有所缩小），酒店由三星级升为四星级。此外，还新建了两家超高层五星级酒店，它们比绍兴饭店更加高档；至于三星级酒店，更是新开了六七家。市中心的繁华街道解放路，在三十年前还到处是甘蔗摊儿，如今已是一家又一家的百货大楼和时装店，其间还点缀着星巴克。早晚时分，城市的中心街道到处都是私家车和出租车，经常发生交通堵塞。

2010年10月，上海至杭州的中国版新干线开通，"和谐号"

绍兴解放北路古轩亭口繁闹的夜晚（2010年）

鲁迅故里的绍兴传统商业街（2010年）

以250公里的时速奔驰在两座城市之间；杭州到绍兴之间的列车也提速至120公里。上海到绍兴的旅程由过去漫长的六个小时缩短为一个半小时。

市中心的绍兴鲁迅纪念馆也焕然一新，与鲁迅有关的建筑物和文物受到严格保护。纪念馆于"文化大革命"中的1973年开放，展览馆也一直建在鲁迅故居院内。2003年，展览馆撤掉，有关部门对鲁迅旧居进行彻底修复，并正式命名为"鲁迅故居"；另在故居东侧新建了两层的纪念馆。纪念馆既保留了传统样式，又具有现代的随性雅致。与此同时，纪念馆东邻的鲁迅本家以及北邻朱家也被政府收购，并得到了修复和保护。短篇小说《故乡》描写主人公归乡出卖老屋，当时买入周家老屋的便是富商朱家。

鲁迅故居的南侧,是少年鲁迅曾学习过的"三味书屋"(回忆性散文《从百草园到三味书屋》),北侧则是当年十三岁的鲁迅为筹措药费给父

绍兴鲁迅故里东入口(2010年)

亲治病而经常光顾的当铺,书屋与当铺中间隔着两条东西流向的水路。至于"土谷祠"——《阿Q正传》的主人公阿Q栖身的土地神庙——则在故居的后院百草园西侧。这些地方现在都已得到修复。

分管纪念馆研究部门的徐东波副馆长介绍说,纪念馆新馆刚开业时,参观门票每张40元,每年有参观者80万人。到了2010年,根据中央爱国主义教育政策的规定,纪念馆实行免费参观,游客人数也增加到了200万,其中包括很多外国游客,自然也有不少日本人。鲁迅为当地旅游业带来巨大的经济效益,是绍兴名副其实的"文化英雄"。另外最近几年,虽然中学语文教科书中的鲁迅作品有所减少,但在绍兴,人们用鲁迅作品编写教辅,有的小学还尝试以芭蕾舞形式排演鲁迅的《伤逝》。小说原作叙写了一对青年男女从同居到死别

的爱情悲剧,我在翻译这篇小说时将题目译为"爱与死"。我说,排演《伤逝》这样的芭蕾舞剧还是高中生比较合适。徐先生听了我的话不由得苦笑起来:中学生哪有余裕搞这样的课外活动啊……

阅读鲁迅之于今日的意义

随着中国经济的快速发展,鲁迅在《故乡》中所描绘的风景,那个我于留学时期所亲近的仿佛一直在安睡的小城风景,发生了翻天覆地的变化,绍兴逐渐趋向上海化。的确,"文化大革命"的结束,宣告了毛泽东时代的终结,接着便是邓小平时代的开始,中国完成了一场巨变。在后邓小平时代的今天,巨变的激流依然汹涌澎湃。那么,在今天这样一个时代,对于中国人,对于日本人,对于东亚人,阅读鲁迅究竟意味着什么?从1995年重访"故乡"时我便开始思考这个问题,2010年当我再一次踏上绍兴的土地时,这一感觉变得更加切实和强烈。而本书,就是今后仍将继续阅读鲁迅的我,所进行的一场自问自答。

四、现代东亚与鲁迅

文学与革命

鲁迅认为,对中国的民族国家建设来说,文学是不可或缺的。在他看来,文学即是一种介入社会的方法,文学与革命实为两位一体。留日时期的鲁迅(1902—1909)于1904—1905年参加了革命团体光复会。光复会成员多为江浙人,是一个以反对满清为宗旨的汉民族的民族主义团体。1905年8月,光复会与兴中会及华兴会联合,在东京成立了中国同盟会。

在稍后的1906年,鲁迅从已经入学一年半的仙台医学专门学校退学,回到东京,开始从事文学活动。这一时期他所写作的文论《摩罗诗力说》(1907年执笔),以日本和欧美的文艺评论为母本,对欧洲浪漫派诗歌系谱(从拜伦到俄国及东欧诗人)进行了考察。鲁迅在文章开篇便指出,在中国,自孔子以来一直有儒教意识形态存在,诗歌一直都是专门取悦于专制君主的工具,而在近代欧洲,却有追求自由、呼唤反抗的浪漫派诗人不断出现,屹立于民族国家建设的先头。

遍历东亚都市

此后,直到1936年55岁辞世为止,鲁迅创作了小说《狂人日记》(1918年)、《故乡》《阿Q正传》(1921年)、《祝福》(1924年)、《非攻》(1934年)以及各种各样的随感杂文,并终生致力外国文学和美术的翻译介绍。同时,作为一个激进的自由主义者,他还积极参加社会活动和政治活动,通过自己的文学事业为民族国家的建设效力;而在另一方面,诗人的存在意义——即被民众所抹杀的诗人(革命人)缘何要成为民众的先驱,又成为终其一生的文学主题。

在急剧动荡的中国近代史上,鲁迅以凛然的姿态走完了自己的一生。从某种意义上说,鲁迅的一生也是一场遍历东亚都市的旅程。他的旅程从故乡绍兴开始,历经南京、东京、仙台、北京、厦门、广州、香港,于1927年到达上海,并在这里度过最后的十年岁月。显然,鲁迅及其文学的独特个性与气质,与这些都市密切相关。要叙述鲁迅,则必须关注他所遍历的都市。

在20世纪,建设民族国家,不仅是中国,也是整个东亚的最大课题。虽然日本在19世纪末到20世纪初成功建立了民族国家,但它仿效欧美帝国主义,侵略并殖民东亚,结果饱尝败北苦果,在经历美军的占领和支配之后,终于重生为一个民主国家。韩国在战前遭受日本的殖民统治,战后也有过军事独裁统治的时期,但在20世纪80年代末期成功建立起民主政体。曾为英国殖民地的新加坡于1965年独立,后来也成功完成了城市国家①建设。总之,以民族国家建设为中心的东亚近代史,正是由东亚各国各地区的多样化实践所构成的。

本书的写作目的

在整个20世纪,东亚读者以各自不同的视角来阅读鲁迅,历史进入21世纪以后,作为东亚共同的现代经典,鲁迅依然被人们继续阅读。

《鲁迅的都市漫游》将以鲁迅的东亚都市遍历为轴线,追索鲁迅的一生及其作品,同时更加深入地接近现代中国的文化与社会;通过梳理日本乃至东亚对鲁迅的接受,进一步理

---

① 城市国家(City State or Polis),古希腊称"城邦国家"。现指以独立、自主、单独的城市为中心形成的国家,通常规模较小。新加坡、摩纳哥等即为典型的城市国家。

解东亚的共同性和多样性。

鲁迅从拜伦为代表的欧洲浪漫派诗人那里汲取了个性主义与反抗精神,并试图理解和接受来自欧美和日本的近代化浪潮,而鲁迅文学展示着既接受又对抗这一立场的重要性,积极倡导个人的主体性。在20世纪90年代以来全球化声浪愈演愈烈的现代东亚,鲁迅文学必将放射出更加灿烂的光芒。

阿Q形象的系谱

在另一方面,当中国终于实现了巨变——大清帝国蜕变为中华民国这一现代民族国家(后来进而建立了中华人民共和国)——的时候,鲁迅满怀冷峻和同情,通过阿Q这一人物形象的塑造,描绘了缺乏主体性、远离变革的庞大群体,以及那些跃跃欲试但却最终没能参加变革的旧日幽灵般的人们,对新时代的国民性问题进行了探索。

日本作家大江健三郎以及村上春树等人,都曾援用阿Q这一人物形象,对战后日本以中产阶级为主体的"市民社会",以及以精英、白领为核心的后现代社会进行了激烈批判。

2008年夏季的那场金融危机,即美国雷曼兄弟破产事件的爆发,预示了"后现代的终结"即将开始。在这样一个历史转折时期,本书将回溯大江健三郎在日本战败后的20世纪

50年代，以及村上春树在现代向后现代过渡的80年代所进行的深刻省察，并关注他们一直以来的文学活动。因为鲁迅文学正是这些日本作家的原点之一。

尽管比日本晚了二三十年，中国也同样迎来了现代以及后现代时期，甚至来不及等待市民社会和信息社会的成熟，便开始迎接一个又一个的转折，及至今日，已在面临"后现代的终结"。对于直面危机时代的日本人以及中国人而言，对"阿Q形象系谱"的省察或许会帮助他们获得深邃的智慧。

第二章 觉醒与出走
——绍兴、南京时期

民国时期的绍兴

一、生兹江南古城

历史悠久的古城

1925年1月，在北京的严寒中，鲁迅创作了散文诗名篇《好的故事》(收录于1927年刊行《野草》)，深情地回忆起故乡绍兴，回忆起那初夏时节的水乡景色。

> 河边枯柳树下的几株瘦削的一丈红，该是村女种的罢。大红花和斑红花，都在水里面浮动，忽而碎散，拉长了，缕缕的胭脂水，然而没有晕。茅屋，狗，塔，村女，云，……也都浮动着。大红花一朵朵全被拉长了，这时是泼剌奔进的红锦带。带织入狗中，狗织入白云中，白云织入村女中……在一瞬间，他们又将退缩了。但斑红花影也已碎散，伸长，就要织进塔，村女，狗，茅屋，云里去。

梦境里，鲁迅一定是一边划着小船，一边欣赏着倒映在小河中的初夏美景。

从上海前往古城绍兴,现在的走法是自上海坐火车向西南方向行驶200公里到杭州,再朝东南方向继续行驶60公里。这段路程大体相当于杭州湾的西半圈。但坐上中国版新干线——当代动车的话,用不了两个小时便可抵达。追溯起来,上海—杭州间的沪杭铁路早在1909年便已开通,杭州—绍兴—宁波的杭甬铁路也于1914年完成,而动车的开通则是不久前的2010年。对鲁迅来说,在他青年时代以前,绍兴—上海间的出行还只能坐船走水路,如果加上途中换船,那就是一场四天三夜的长途之旅。

古城绍兴历史悠久,那里耸立着与上古治水英雄大禹息息相关的会稽山,流传着春秋越王勾践复仇的故事,南宋时期作过国都,明清时期又有运河带来经济贸易的繁荣。绍兴的水和稻米质量上佳,故又盛产佳酿"绍兴酒"。绍兴府下辖八县,人口合计约122万(1933年统计);绍兴府的中心城市是绍兴府城,四周城墙矗立,人口有11万(1910年统计)(J.H.科尔《绍兴:十九世纪中国的竞争与合作》,雅利安大学出版社,1986年)。

第二章 觉醒与出走——绍兴、南京时期

顽固的父系制大家族

鲁迅（本名周树人，1881—1936）诞生于绍兴城内一个士大夫家庭，是周家长子。周氏一族原籍湖南道州，明代正德年间（1506—1521）其始祖（名不传，后称逸斋）移居绍兴。依此计算，鲁迅为第14代。周氏家族后以经商蓄财，至第6代考取科举举人，成功进入地主兼官僚这一士大夫阶层。由此开始，周家逐渐繁盛。经第9代到第11代，周氏一族陆续形成了十几个房族（拥有先祖家产部分所有权的近支宗亲）。鲁迅一支为兴房（第11代），上面是智房（第10代），再上一代是致房（第9代）。

作为祭田和祭产，家族的田地房屋为各房共有，祭祖及上坟等活动每年由各房轮流操办。致房曾主办祭祀第7、8代先祖的致公祭，规模很大，周氏各房全都参加。祭祖由各房轮流操办，鲁迅所在的兴房在1927年轮到过一次。由于家族结构为父系制，所以如果有房族没有男性继承人的话，就要从其他房族过继同代男性，以维持家族的父系结构。

周氏一族分别住在绍兴城内的老台门、新台门以及过桥台门。鲁迅所属的兴房住在新台门。兴房也是个大家族，由一等亲到十等亲在内的几个家族的数十人组成，大家都住在一起。太平天国运动（1851—1864）期间，周氏家族开始衰

落，但兴房一族的第12代，即鲁迅的祖父周福清（字介孚），却在1871年闯过科举考试最后一关，成功考取进士。他先去江西担任知县，后又去北京做内阁中书，试图努力挽回家道中落的局面。鲁迅出生时正逢这一时期。在鲁迅的少年时期，以祖父为家长的兴房仅剩下三公顷左右的水田。

父亲与母亲

鲁迅的父亲周凤仪（字伯宜，1861—1896）虽然也在科举考试中考取了生员（秀才），但却没能考上举人。

母亲鲁瑞（1858—1943）出生于绍兴郊外安桥头村一个士大夫家庭，是家里的三女儿。鲁瑞的父亲是举人，哥哥们也都是秀才。她在1880年嫁给周凤仪，生下四男一女，但最小的儿子和女儿不幸夭折，38岁时失去丈夫，将三个儿子——周树人（鲁迅）、周作人和周建人——抚养成人。

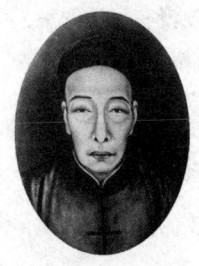
父周凤仪

母鲁瑞

鲁瑞幼年时代曾借旁听哥哥弟弟学习而学会了识字,这在那个时代的女性中是不多见的。因此当鲁瑞到北京与鲁迅一起生活以后,曾订阅了好几份报纸,也曾表达过对张作霖等军阀的不满。鲁瑞喜欢读《三国志演义》《水浒传》《红楼梦》等古典通俗文学,也喜欢读张恨水(1895—1967)《啼笑因缘》等现代恋爱小说;但对于儿子的小说,她却表示并不知道好在哪里。

鲁瑞是个开明的女性。当清末掀起反对缠足的运动时,她便马上不再缠足;1926年,鲁迅在北京女子师范大学的那些学生们提倡剪发,她又请学生们帮自己剪短了头发;她待客热情,女大学生们来家里玩儿的时候,她会亲自下厨炒豆芽招待她们。

弟弟周作人

鲁迅一直深爱着母亲鲁瑞,在离开北京辗转厦门、广州、上海的十年中,鲁迅写给母亲的信竟然多达220封,他还买来张恨水的小说(尽管他本人对其评价并不高)送给母亲看。鲁迅在写给好友许寿裳的信中说,发表《狂人日记》时所用的笔名"鲁迅","鲁"取自母亲,"迅"则来自留日时期用过的笔名"迅行"。不过还有另一种说法,认为笔名来自鲁迅青年时期喜读的屠格涅夫的小说《罗亭》，是作品主人公名字的音译。

在鲁迅的两个弟弟中，周作人（1885—1967）是跟兄长以及胡适（1891—1962）等人齐名的大知识分子。1906年，周作人在江南水师学堂毕业后，随回国省亲的鲁迅赴日留学，在立教大学学习古希腊文和英国文学，同时与哥哥一道从事文学活动。后来与寓所的女佣羽太信子恋爱并结婚。1911年周作人归国，1917年担任北京大学教授，在五四文学革命中一展其理论家的身手，提出了新的知识范式。清末到民国初期所涌现出来的新兴知识阶层，在建设共和国的过程中积极接受各种新思想新思潮，无论是个人主义、女性主义，还是囊括创作、批评、翻译的文学体制，以及其他近代文化制度框架等，所有这些知识和思想的领域中，都可以看到周作人的身影和贡献。除此之外，在日本、古希腊、欧美文学的翻译方面，他也同样功绩卓著。

周作人的这些工作都是在兄长鲁迅的默契配合下完成的，为此"周氏兄弟"在北京文化界声名显赫。然而，在1923年7月，周氏兄弟却突然失和，哥哥被迫搬出八道湾的周家宅邸。至于发生冲突的原因，兄弟两人均缄口不谈。但透过双方的日记以及有关人士的证言，可以推测出，大约是信子声称与鲁迅有过不恰当的关系，而周作人则对信子的话确信不疑。

　　日本侵华战争时期北京沦于日军之手，周作人则担任过相当于"文部大臣"的职务。因此战后被国民政府以汉奸罪论处，被判十年有期徒刑。新中国成立时获得释放，从事日本文学翻译、撰写鲁迅资料等工作。"文革"中被红卫兵折磨致死。

二、保姆与绘本

长妈的回忆

从北京搬到厦门的 1926 年,鲁迅创作了回忆性散文集《朝花夕拾》,从清末的幼年少年时代一直写到辛亥革命的青春时代。其中《狗·猫·鼠》和《阿长与〈山海经〉》这两篇叙写儿时鲁迅的保姆长妈妈。这个长妈妈经常在少年鲁迅面前讲别人的坏话,又每每干涉孩子玩耍,睡觉时叉开双手双脚摆成一个"大"字,把鲁迅挤到床的一角。不仅如此,她还给鲁迅讲各种各样的迷信故事,讲太平天国战乱的恐怖。鲁迅不喜欢这样的长妈。终于,当鲁迅知道自己的小宠物——隐鼠并非被猫吃掉而是被长妈踩死的时候,他愤怒了。他像祖母那样直呼她"阿长",并去责问她。

插图本《山海经》

鲁迅少年时特别喜欢插图,一直渴慕绘图本的神话读物

《山海经》,他去问别人,但周围识字的大人们没人真心理睬他。有书卖的大街离家很远,只有过年的时候才能去玩上一趟,可那时候仅有的两家书店又都大门紧闭。看到鲁迅念念不忘《山海经》,就连不识字的长妈也开始操心,来问他是怎样一回事……

> 是她告假回家以后的四五天,她穿着新的蓝布衫回来了,一见面,就将一包书递给我,高兴地说道:
> "哥儿,有画儿的'三哼经',我给你买来了!"
> 我似乎遇着了一个霹雳,全体都震悚起来;赶紧去接过来,打开纸包,是四本小小的书,略略一翻,人面的兽,九头的蛇,……果然都在内。……谋害隐鼠的怨恨,从此完全消灭了。
> 这四本书,乃是我最初得到,最为心爱的宝书。
>
> (《阿长与〈山海经〉》)

两篇讲述长妈的散文的最后,是鲁迅深深的叹息和祈念:
"我的保姆,长妈妈即阿长,辞了这人世,大概也有了三十年了罢。我终于不知道她的姓名,她的经历;仅知道有一个过继的儿子,她大约是青年守寡的孤孀。""妈妈"一词除了"母亲"的意思之外,也用在姓氏之后,用来称呼中老年女佣,如"王妈妈"等。

另外,《朝花夕拾》还描述了周家宅院那个很大的后园——百草园。那里有光滑的石井栏,有皂荚树和紫红的桑葚,有叫天子(云雀)从草间飞出,还可以捉到蟋蟀和蜈蚣。下雪的时候,家里的雇工会教你用木棒支起大竹筛然后拉绳落下捕鸟。

三、父亲的病与传统批判

周家的没落

没过多久,鲁迅那幸福的少年时代便结束了。1893年,为了父亲的科举考试,祖父行贿获罪,被判下狱七年。事发第二年,父亲身患重病,13岁的鲁迅开始每天穿梭于当铺和药房之间。但父亲最终在1896年不治身亡。关于父亲的病,比鲁迅小三岁的弟弟周作人说是肺结核,而当代日本医学家泉彪之助却推断是肝硬化或日本血吸虫病。

《朝花夕拾》中那篇《父亲的病》写的便是鲁迅这段经历。作品屡次表现了对传统中医的嘲笑和讥讽。最初给父亲治病的是位"名医"。据说他曾给一家住在城外的富家小姐看病,出诊费很高,到了病人家却轻描淡写地说了一句"不要紧的",便草草了事,结果小姐一命呜呼。这位"名医"给鲁迅的父亲看了整整两年病,但父亲的病情却越来越重。"名医"最后索性推荐了另一位名叫陈莲河的中医,自己则一走了之。

中医药方

这位陈莲河开出的处方笺上有"蟋蟀一对""平地木十株"以及"败鼓皮丸"等。"蟋蟀一对"旁边还用小字写道:"要原配,即本在一巢中者。"对此,鲁迅充满讥讽地写道:"似乎昆虫也要贞节,续弦或再醮,连做药资格也丧失了。"他还说:"走进百草园,十对也容易得,将它们用线一缚,活活地掷入沸汤中完事。"

至于"平地木十株","这可谁也不知道是什么东西了,问药店,问乡下人,问卖草药的,问老年人,问读书人,问木匠,都只是摇摇头,临末才记起了那远房的叔祖,爱种一点花木的老人,跑去一问,他果然知道,是生在山中树下的一种小树,能结红子如小珊瑚珠的,普通都称为'老弗大'"。

而所谓"败鼓皮丸"则意如其字,就是用打破的旧鼓皮做成的丸药。对这种迷信,鲁迅以嘲讽的口吻说,"水肿一名鼓胀,一用打破的鼓皮自然就可以克伏他"。"可惜这一种神药,全城中只有一家出售的,离我家就有五里,但这却不像平地木那样,必须暗中摸索了,陈莲河先生开方之后,就恳切详细地给我们说明。"

随即陈莲河又讲起"舌乃心之灵苗",继而推销起长生不老的道家炼丹来,鲁迅的父亲表示谢绝,最后说道:

"我这样用药还会不大见效,"有一回陈莲河先生又说,"我想,可以请人看一看,可有什么冤愆……。医能医病,不能医命,对不对?自然,这也许是前世的事……。"

我的父亲沉思了一会,摇摇头。

父亲的临终时刻

束手无策的名医终于提议病人试试巫术。而鲁迅也禁不住对其迷信展开批判:"S城那时不但没有西医,并且谁也还没有想到天下有所谓西医,因此无论什么,都只能由轩辕岐伯的嫡派门徒包办。轩辕时候是巫医不分的,所以直到现在,他的门徒就还见鬼,而且觉得'舌乃心之灵苗'。这就是中国人的'命',连名医也无从医治的。"

就这样,父亲临近了生命的终点。鲁迅亲眼看到父亲的痛苦,甚至在一瞬间宁愿父亲早点死去而不要遭受如此折磨:"还是快一点喘完了罢……"随后他觉得自己仿佛"犯了罪",同时又觉得这正是出于对父亲的爱。在父亲的最后一刻,邻居衍太太说你父亲要断气了,赶快叫呀!于是鲁迅叫起来:"父亲!父亲!"听到儿子的呼叫,父亲一边急促地喘着气,"什么呢?……不要嚷……不……"一边闭上眼睛。但鲁迅还是不停地叫,直到父亲咽下最后一口气。文章的最后,鲁迅这样写道:"我现在还听到那时的自己的这声音,每听到时,就觉得这却是我对于父亲的最大的错处。"

早在1919年,即写作《父亲的病》的七年前,鲁迅曾在北京的《国民公报》上发表系列随笔《自言自语》,其中之一题曰《我的父亲》。这篇仅有500多字的短文,回忆了父亲临终的情景。在这一点上,《我的父亲》算是《父亲的病》的原作。在《我的父亲》中,"我"按照老乳母(并非前面出现的亲戚)那并无恶意的吩咐"犯了大过",结尾处鲁迅以多少带些黑色幽默的口吻说:"我现在告知我的孩子,倘我闭了眼睛,万不要在我的耳朵边叫了。"将《我的父亲》改写为《父亲的病》,大约是因为鲁迅认识到自己没能让父亲安详平静地死去,自己对父亲是有罪的。

改写后的文章除了主题发生了变化以外,长度也完全不同了。《父亲的病》有3400字之多,是《我的父亲》的六倍不止。增加的部分大多是嘲讽中医的记述。尤其值得注意的是,在描写父亲临终场面之前,鲁迅补写了故乡"S城"的大夫们那明显荒谬的诊病疗病。

《〈呐喊〉自序》(1922年)的执笔比《父亲的病》早了四年多,文章开头部分先是回忆少年时代家中父亲生病需要筹措药费,于是每每出入当铺;接着到N(指南京)进K学堂学习物理和化学，读了《化学卫生论》，因此"渐渐的悟得中医不过是一种有意的或无意的骗子，同时又很起了对于被骗的病人和他的家族的同情"。鲁迅说这便是他到日本留学进医学专门学校学习的动机。从《〈呐喊〉自序》中"骗子"的说法，再到《父亲的病》对中医的描写，读者可以更进一步窥见"S城"中医的荒唐无稽。

处方笺的效能

对于《父亲的病》一文中出现的中医处方，中日两国的鲁迅研究者，都不假思索地斥之为"荒唐"。但其实这些处方在16世纪末明代李时珍（1518—1593）的药物学巨著《本草纲目》中已有记载："蟋蟀：性通利，治小便闭。……治男妇小水不通、痛胀不止。""紫金牛（平地木）为末，淋漤肿气。"总而言之都说这两味药具有利尿作用，可治疗"水肿"。除《本草纲目》外，在现代中国的百科辞典《辞海》中，"蟋蟀"和"紫金牛"的条目下也有如下解说："主治水肿、小便不通等症状"，"主治肺病咳血等症状"。

即便是"败鼓皮丸"，在《本草纲目》中也有记载："败鼓之皮……马、驴皮皆可为之，当以黄牛皮者为胜……治小便淋沥。"即，只要是坏的鼓皮，马皮、驴皮均可，但黄牛皮最佳，皆可治尿失禁。绍兴的中医所以开出"败鼓皮丸"，大概是由于蟋蟀、平地木这些常见中药已不奏效，大夫们绞尽脑汁万般无奈，觉得"败鼓皮丸"既对尿失禁有效，应该也可以治疗"水肿、小便不通"。《本草纲目》则有"今用处绝少"的附记。

鲁迅同期有一位留日学医的朋友，他曾回忆说，鲁迅对中医有很高的评价，并曾极力主张中西医结合。关于《本草纲目》，鲁迅曾在题为《经验》的随感中有这样的话："这一部书，是很普通的书，但里面却含有丰富的宝藏。"鲁迅把中药视为植物学的一部分，对其多有兴趣，他也曾把平地木等植物移种到绍兴老宅的院子里。

传统批判的宣言

包括短篇小说《伤逝》（1925年）在内，鲁迅创作了一系列以人生与负罪感为主题的作品，《父亲的病》属于最后一篇。其实鲁迅很清楚，在中国传统医学的范围里，"S城"的那些中医都是很诚实的名医，但在作品中鲁迅还是进行了虚构，称他们作"骗子"，写他们治死了自己的父亲。本书姑且把《父亲的病》作为随笔来处理，那么叙事者自然也就是鲁迅。但实际上，也可以将《父亲的病》视为私小说性的作品。叙述者"我"一方面不忍目睹父亲的痛苦,内心深处希望父亲能够平静地离开人世,但另一方面又无可奈何在父亲临终时大声呼叫"父亲!父亲!"对此,"我"不免深怀负罪感。如果说是那些平庸的中医导致了父亲不治身亡,那么"我"对传统医学的彻底否定也就具有了赎罪的意义。在我看来,这篇作品,可以说是鲁迅对传统进行批判的一篇宣言。

另外,关于作品中出现的陈莲河,周作人称鲁迅写的就是当时绍兴的中医何廉臣,取发音相同的汉字,将其名字倒过来。在绍兴当地,名医何廉臣至今仍受到人们称赞。

四、告别故乡

走出绍兴

鲁迅六岁开始进家塾读书,先生是周氏家族的一位秀才;十一岁进三味书屋,那是整个绍兴最为严格的私塾,鲁迅在这里学习四书五经,准备科举考试。可是由于祖父入狱、父亲罹病,周家几乎卖掉了所有的田地,鲁迅也不得不离开急速没落的家族。他先是进了八年前成立于南京的一所海军学校(江南水师学堂)。那里免收学费,每年还有两元的零用钱。鲁迅将乳名"樟寿"改为"树人"便是这一时期。不过鲁迅从一开始就不喜欢这所学校的保守校风,念了不到半年便退了学。第二年即1899年,他又进入南京新成立的陆军学校附设矿务铁路学堂,成为这里的第一届学生。

明清时期的中国

14世纪后半叶,由蒙古人建立的元朝灭亡,取而代之的是汉民族政权的明朝；进入17世纪后，作为异族的满族再次推翻明朝，建立了清朝。满族兴起于中国的东北地区（旧满洲），1625年，清太祖努尔哈赤举兵定都沈阳，于是有40万—50万的满族人迁移到平原地区。就是这样一个少数民族，在1644年越过了万里长城，侵入中国内地，最终征服了拥有两亿人口的汉民族。造成这种局面的一个原因是，李自成发动农民起义，占领北京城，明朝开始走向灭亡，而镇守山海关的明朝将军吴三桂为了剿灭李自成，不惜归顺清军，于是明朝迅速彻底瓦解。

改朝换代后，清朝基本继承了明的社会结构，中国再次繁荣起来。但至19世纪，中国的人口较明末增加了一倍，达到四亿之众，经济开始出现停滞，农民叛乱不断发生。更为严重的是，鸦片战争（1840—1842）和太平天国运动使清朝处于生死存亡的危急关头。于是，冯桂芬等人的"中体西用论"开始登场。这一思想主张以中国传统经世之学为"体"（根本），而以西洋近代科技之术为"用"（应用）。在这一思路下，清朝重臣李鸿章（1823—1901）开始着手建立近代新式海军，培育以军工为主的各种近代产业，并建立近代教育制度等。然而在其后的中法战争（1884—1885）和中日甲午战争（1894—1895）中，中国相继败北，南洋水师和北洋水师两支海军遭到毁灭性打击，洋务运动终于未能挽救清朝失败的命运。

效仿明治维新

在接连遭遇中法、中日战争的失败后，中国开始出现变法运动。其思路是超越洋务运动，以日本明治维新为样板，实行全面欧化。这场变法运动的理论指导者是康有为（1858—1927），而辅佐康有为并通过媒体践行改革运动的则是梁启超（1873—1929）。梁启超于1896年在上海公共租界创办《时务报》（旬刊），发行量高达一万七千，被人们称为"杂志王"。戊戌政变（1898年）后，梁启超亡命日本，旋即在横滨创办旬刊《清议报》（1902年改名为《新民丛报》），主张君主立宪，呼吁国人警惕中国在帝国主义时代所面临的危机。

在矿务铁路学堂，校长是个"新党"（维新派）。这位校长平时坐马车时也会阅读变法派杂志《时务报》，学校汉文考试时，他亲自拟定作文题"华盛顿论"，让学生论述美国第一代总统华盛顿，搞得教员们反过来问学生们"'华盛顿'为何物"。在这所学堂中，鲁迅读到了严复（1853—1921）的《天演论》，了解到进化论"物竞天择，适者生存"的主张，受到强烈冲击。《朝花夕拾》所收随笔《琐记》写道,当时流行读新书,鲁迅在一个星期天外出买到《天演论》,便立刻读了起来。

《天演论》封面

"赫胥黎独处一室之中,在英伦之南,背山而面野,槛外诸境,历历如在机下。乃悬想二千年前,当罗马大将凯彻未到时,此间有何景物?计惟有天造草昧……"

"哦,原来世界上竟还有一个赫胥黎坐在书房里那么想,而且想得那么新鲜?"——鲁迅一口气读下去,"物竞""天择"出来了,苏格拉第、柏拉图、斯多噶也出来了。鲁迅就是这样,离开传统小城绍兴,在南京接触到近代思想和科学,之后又来到新兴媒体发达的东京留学,在变法运动的基础上,进一步接触到革命运动。

第三章
充满刺激的留学体验
——东京、仙台时期

1904年春,东京时期的鲁迅(右二),左侧为许寿裳

一、留学"帝都"

革命派的登场

伴随中国在甲午中日战争中的屈辱败北,中国国内谋求政治改革的呼声不断高涨。随后,康有为、梁启超发动的变法运动得到光绪帝的赞同和支持,变法派随即筹划了一系列的制度改革,包括开设国会、制定宪法、设立京师大学堂、向海外派遣留学生等。不料,变法未出百日,以西太后(光绪皇帝为其侄儿)为首的保守派便发动了戊戌政变(1898年),变法新政终告失败。此后光绪皇帝遭到软禁,直到1911年去世,康、梁则亡命日本。

接着,保守派与排外的宗教团体义和团携手,向西方列强宣战,结果却一败涂地(1900年)。万般无奈之下,西太后开始实施以先前康梁变法派的改革方案为蓝本的清末新政。与此同时,革命派也开始登上历史舞台。革命派坚定认为变法派无法拯救中国,他们坚决主张推翻满清王朝,建立汉民族的民族国家——共和国。清政府派遣的留日学生们拥护革命派的主张，纷纷加入到革命派阵营中。

启程留日

1847年，容闳（1828—1912）赴美留学，开启了近代中国人留学海外的先河。接着，1872—1876年，清政府相继派出120名少年赴美留学，后于19世纪80年代终止派遣。甲午中日战争后，官方海外留学生派遣再度升温，留学对象国也从欧美变为日本。这次留学运动的主要倡导者是变法派以及张之洞（1837—1909）等洋务派官僚。1896年，第一批官费留学生赴日，共十三人。接着在戊戌政变后的政治倒退时期之后，从1901年（明治三十四年）开始，官方在政策层面大力推动赴日留学运动的开展，一时间，赴日留学的中国学生人数急速增加。鲁迅赴日的1902年，在日本学习的中国留学生仅有608人，而到日俄战争以及科举制度废止后的1905年，便已达到8000人，到了1906年，竟然一跃增加到12000人，达到战前留日人数的巅峰。

1902年1月，鲁迅以第三名的成绩从矿务铁路学堂毕业，3月，与另外5名同学一道从南京出发，踏上了赴日留学的旅程。他们从南京到上海，换乘日本邮船"神户丸"，于4月4

日在横滨登陆,进入日本,再乘早在30年前开通的火车,于当日抵达东京。就这样,直到1909年8月归国,鲁迅在日本度过了整整七年半的岁月。七年多的时间里,鲁迅曾分别在1903年7月和1906年7月两次回国探亲。(另外1904年9月到1906年3月的一年半离开东京,到仙台医学专门学校就学。)除此之外,鲁迅便一直呼吸着东京的空气,度过了多愁善感的青春时代(20岁到28岁)。即便是在仙台医专读书的一年半里,春夏冬三个长假鲁迅都会回到东京。

按照天皇的年号来说,鲁迅的东京时期是明治三十五年到四十二年。在这个时期,日本打赢了日俄战争,基本实现了建立近代民族国家的基本构想。而东京,作为新兴帝国的首都也取得了巨大发展。当时东京市的人口已达到162万(1907年);至于相当于现在东京都地区的人口,在1904年已有232万,到1909年更增加到277万。此外,在20世纪初叶的年轻"帝都",崭新的文学制度也迅速建立了起来。

二、时间与空间差异的消失

铁路时代

明治维新不久后的1872年和1874年,新桥—横滨铁路以及大阪—神户铁路相继开通,1883年以后,干线铁路的建设也步入正轨。六年后,新桥—神户间长达600多公里的铁路建成通车。昔日从东京去大阪,步行需要14—16天的时间,还要花上11圆36钱的住宿费等。但铁路的出现把这半个月的时间缩短到了22个小时,三等座的票价也变成了3圆67钱。1892年,政府公布铁道敷设法,确立了国家对铁道建设的主导权,干线铁路网进入快速建设发展时期。鲁迅赴日留学的第二年即1903年,日本全国的铁路通运里程达到8000公里,"帝都"东京成为干线铁路网的中心枢纽。而同样在1903年,中国铁路通运里程仅有4530公里,直到七年后的1910年才达到8000公里。

东京的有轨电车也于1903年开通。作为城市街道的交通工具，东京早在1882年便开通了马车铁路，到1902年其总里程也已达到36公里。但由于马车铁路存在马粪带来的卫生等问题，政府便引入了当时在欧美已经实际开始运营的有轨电车。由于市议会上不同政党之间的意见分歧，东京有轨电车的通车比京都整整晚了八年。不过即便如此，到鲁迅回国前一年的1908年，东京的电车运营里程已有165公里，日平均乘客人数也达到四万，大有淘汰人力车的势头。而在号称"人力车之都"的北京，有轨电车直到1924年才通车，比东京晚了20多年，通车总里程也仅有区区7.5公里。

邮政、电信与信息化的实现

在邮政电信建设方面，1872年，日本在全国各地县政府所在地开设了邮政业务，借助于铁路交通网的发展，邮政运输逐步实现了快速化。在电信领域，1869年，东京—横滨间最先开通了电信（电报）；1871年，上海—长崎间的海底电缆敷设开通；1873年，东京—长崎、东京—伦敦两条电信线路开通；1875年，纵贯日本本土的北海道—九州主要电信线路也得以完成。1890年，递信省（邮电部）在东京和横滨两市市内以及两市之间实现了电话接线转线通讯。

总之，在鲁迅赴日留学期间，20世纪初叶的日本实现了交通和通讯的划时代发展,造就了全国范围内时间和空间的均等化,各种信息可以在短时间内快速传递到整个日本,再加上教育以及活字印刷媒体的迅速发展,信息的接收和传播变得极为快捷而活跃。

三、置身"读书社会"

读书阶层的形成

明治政府于 1872 年颁布学制令之后,日本的小学就学率迅速提高,1875 年仅为 35%,1890 年上升到 49%,到鲁迅赴日留学的 1902 年已经达到 92%,鲁迅归国的 1909 年进一步提高到 98%。与此同时,小学教员的人数也大幅增加,1901 年突破 10 万大关,1910 年达到 15 万。数量庞大的小学与中高等学校教员、政府官员和公务员、学生、城市白领职员等共同形成了一个体量巨大的读书阶层(而在中国,根据 1919 年的统计,当年的小学就学率仅有 11%)。这一时期,读书阶层得以登上历史舞台,既与近代教育制度的发展相关,也得益于明治时期出版事业的进步和发展。永岭重敏曾指出,在木制雕版印刷时代,书籍的绝对数量明显不足,但到了明治一〇年代中期,铅字活版印刷成为主流,进入明治三〇年代后,印刷技术进一步提高,出版物的流通数量和库存数量取得了跨越式增长。他说：

> 活版印刷给版面带来的最大变化是，大幅度提高了阅读的简易程度。木版本主要适应有声阅读的接受形式，因而对听觉性阅读的重视远远超过视觉性阅读。因此从视觉性阅读的角度来看，木版本是极其难读的……作为有助于提高阅读简易程度的装置，我们还可以举出诸如段落、改行以及目次等，但影响力最大的还是句读的普及。（永岭重敏《杂志与读者的近代化》，日本编辑学校出版部，1997年）

于是，作者和出版社根据市场需求出版新作，读者也"不再无条件地崇拜出版物"，而是"按照个人兴趣和关心选择并消费出版物"，"作者—出版者—读者"的稳定关系得以建立，读书市场正式形成。从明治二〇年代后半段到三〇年代，"读书社会""读书社界""读者社会"或"读书界"这些语汇取代了以往"书生社会"之类的说法，尤其在文学杂志上开始被广泛使用。

铅活字印刷媒体的繁荣

作为活字媒体的代表,报纸的重要性不可忽略。在1903年的东京,《二六新闻》[①]占据了报纸发行量的头把交椅,日发行量达到14万份,《读卖新闻》《东京朝日新闻》等另外九家报纸也分别有1万到8万份不等。然而到了1909年,仅《报知新闻》[②]一家的日发行量便已达到30万份,《万朝报》[③]也有20万份。而在同一时期的中国,根据1914年的调查记录,当时北京的报纸日发行量仅在区区数百到数千份之间,上海稍多一点,《新闻报》有2万份,《申报》则为1.5万份。

在甲午中日战争之后的东京,由于活字媒体的繁荣发展,职业写作者开始出现。"在此之前,写作者仅靠文学创作无法维持生活,而到了甲午中日战争以后,文学创作开始成为一个独立职业,'写作者的独立生活'成为可能",于是"在进行户

---

①《二六新闻》,秋山定辅于1893年在东京创办的日报,因时为明治二十六年,故名《二六新闻》。该报擅长捕捉和利用社会热点博取人气,新闻记事多暴露具有煽情效果的丑闻,屡次停刊复刊,最终于1940年终刊。
②《报知新闻》,专门报道体育和艺能新闻的日报,隶属《读卖新闻》系列。1872年创刊,于东京、大阪两地发行,初名《邮便报知新闻》,1895年改名为《报知新闻》。
③《万朝报》,日报,1892年创办于东京,多载社会新闻及翻案小说,1940年被《东京每夕新闻》合并。

籍调查时,开始有人称自己的职业是'著述业''小说家'"(永岭重敏)。夏目漱石(1867—1916)曾在东京帝国大学教授英国文学,1907年该校聘请他担任教授,但夏目漱石毅然谢绝邀请,而选择了另一条路,即进入朝日新闻社做一名职业作家。这一象征性事件非常典型地体现了上述时代变化。鲁迅也是这样,他在1927年前后先是辞掉教育部官员的职务,稍后又辞去大学教授的职位,最终成为一名职业作家。这显示,在20世纪20年代末期之后,新文学写作已经开始成为一种独立职业。

在读书阶级以及文学制度形成的过程中,除了报纸之外,外文书店也发挥了重要作用,丸善书店①就是其中一个典型代表。丸善书店创始人、出版家早矢仕有的(1837—1901)在庆应义塾读书时,得到恩师福泽谕吉的指点和鼓励:去做一个输入知识的商人吧。于是他于1869年创办了丸善书店。鲁迅的弟弟周作人后来曾给丸善书店的广告宣传杂志写过日文稿子。他说:"说到东京的书店第一想起的总是丸

---

①丸善书店,全称"丸善株式会社",主要从事国内外书籍杂志、文具、办公器械、进口杂货的销售及进出口,兼营出版、教育、机械制造及不动产业等。1869年创办于横滨,1880年迁至东京。以输入西洋书刊、促进日本学术研究进步贡献最大。

善（Maruzen）……我在丸善买书前后已有三十年，可以算是老主顾了，虽然买卖很微小……丸善虽是一个法人而在我可是可以说有师友之谊者也。"(《学燈》1937年4月号)

中国的情形却颇不相同。1917年，胡适结束留美生活，时隔八年重新踏上祖国的土地，但他在上海的洋书店所能找到的几乎都是17、18世纪的作品，或是19世纪的狄更斯、司各特等，而这些作家作品都与欧美新思潮没有什么关联。

留学生之间的隔阂

在那篇颇有私小说色彩的作品《范爱农》(1926年)中，鲁迅描写了叙事者"我"心怀自责讲述的一段亲身经历。"我"是一个正在日本留学的中国学生，有一天到横滨去迎接新来的同乡留学生，大家乘上火车，"不料这一群读书人又在客车上让起坐位来了，甲要乙坐在这位上，乙要丙去坐，揖让未终，火车已开，车身一摇，即刻跌倒了三四个"。"我"颇感不满，"连火车上的坐位，他们也要分出尊卑来"，于是摇着头带他们到了新桥火车站。然而就是这样一群留学生，后来有不少人在辛亥革命中牺牲，或是为革命入狱坐牢。这篇作品呈现了明治时期在东京留学的新老两代留学生之间的隔阂与距离。

四、仙台学医

嘉纳治五郎与弘文学院

1896年,清朝政府首次向日本派遣官费留学生,并委托日本政府负责留学生的教育和培养。日本政府接受清朝政府委托后,将这一工作全权委任给高等师范学校校长嘉纳治五郎[①]。于是嘉纳租借民房作为校舍,开设日语、数学、理科、体操等基础教育科目,开启了近代日本的中国留学生教育。到了1902年,嘉纳进一步扩大学校规模,成立了弘文学院。鲁迅是弘文学院最早的学生之一,他在速成普通科学习了两年,毕业后进入仙台医学专门学校。

嘉纳从青年时期开始致力于改良传统柔术,使之发展成一

---

①嘉纳治五郎(1860—1938),著名柔道家、教育家,曾任讲道馆初代馆长、东京高等师范学校校长、亚洲首位国际奥委会委员。主要功绩有创立并普及现代柔道,在近代日本的基础教育、体育教育、师范教育领域发挥重大作用,最早接收中国留学生,开创近代日本的留学生教育等。

种近代体育运动。他于1882年创立了讲道馆柔道。后来，这种柔道又为学校以及警察等采用，逐渐向全国乃至海外普及，最终成为奥运会正式比赛项目。1903年3月，嘉纳在弘文学院内也开设了讲道馆柔道道场，包括鲁迅在内的30名留学生加入了道场。

与仙台医专同学的纪念合影，后排右为鲁迅（1904—1906）

弘文学院采用寄宿制，一间宿舍住六名学生。据后来成为鲁迅终生挚友的同乡同学许寿裳（1883—1948）回忆，他们两人经常在一起谈论国民性问题，两人的结论是，中国人最缺少的东西是"诚"和"爱"，原因是在元朝和清朝中国人都沦为了异民族的奴隶。那么应该如何向奴隶们宣传"诚"与"爱"呢？方法只有一个，那便是实行民族革命。

断发

1903年3月，鲁迅剪掉了辫发，这一举动表明了他的意志。所谓辫发，是指满族男子的一种传统发式，即将前颅头发全部剃去，头前部剃成半个月牙式，只留颅顶后头发，在脑后编结成辫，发辫绕颈下垂。清王朝统治体制建立后，汉族男子亦一律被强制剃发蓄辫，以表示归顺满清。

在日本的留学生们不仅学习法律、经济、教育以及自然科学知识，还学习明治日本旨在建设民族国家的欧化精神（这种欧化精神已成为日本近代学术及教育体系的重要基础）以及欧化精神的表征——服饰。那位曾与章太炎、孙文（1866—1925）齐名的革命派领袖黄兴（1874—1916）就是一例。黄兴于1903年回到湖南老家开展革命运动，应弘文学院留学时期的朋友邀请，黄兴担任了师范班的班主任，负责教授体操、博物和地理等科目。严安生（1937—）在《日本留学精神史》[①]一书中描写了这方面的情形：黄兴"在讲台上喜欢使用标本或地球仪来讲课；而到了体操课出现在学生们面前时，他身上的装束又变成了'短袖体操服，秋天是蓝色，冬天则是黑色'。他的这些只有从日本留学回来的人才会有的教材教具、教学方法以及服饰装束，极大吸引了学生们"。或者可以说，留日学生们从东京带回来的服饰，也曾为宣传革命做出了贡献。

在这种背景下，鲁迅所选择的"时尚"，却是当时正在

[①] 严安生的书名全称为《日本留学精神史：近代中国知識人の軌跡》，中文版书名为《灵台无计逃神矢：近代中国人留日精神史》（生活·读书·新知三联书店，2018年）。

东京流行的文学。1903年6月，他翻译发表了维克多·雨果原作的随笔《哀尘》。这篇译作，鲁迅似乎参考了森田思轩（1861—1897）翻译的《雨果小品》（1898年）中的《随见录·芳娣的来历》一文。由此开始直到1906年为止，鲁迅还通过日文译本重译了儒勒·凡尔纳的《月界旅行》《地底旅行》以及《北极旅行》等作品。

1904年4月，鲁迅从弘文学院毕业，离开东京去了仙台医学专门学校。十八年后的1922年春天，鲁迅在《〈呐喊〉自序》中写下这样的回忆："我的梦很美满，预备卒业回来，救治像我父亲似的被误的病人的疾苦，战争时候便去当军医，一面又促进了国人对于维新的信仰。"当时，东京的中国留学生们正在筹划将拒俄义勇队改为军国民教育会，打算借日俄战争之机发动武装起义推翻满清王朝。1904年11月，也就是鲁迅向仙台医学专门学校递交入学申请书的五个月后，革命派的华兴会在长沙发动武装起义未果。

进入医学专门学校

仙台医专成立于1902年，其前身是第二高等学校医学部，鲁迅是这所学校最早的中国留学生。为此学校给予鲁迅颇为优厚的待遇，不单是免试入学以及免交学费，像找宿舍租房

与仙台医学专门学校的学友们。左为鲁迅

这样的琐事也有学校职员前来帮忙。尤其令鲁迅终生念念不忘的,是解剖学教授藤野严九郎所给予的诚挚而郑重的教诲。然而鲁迅还是在学业中途退学离开了仙台医专。按《〈呐喊〉自序》的说法,鲁迅中途退学的机缘是某堂课上所看的幻灯片。当时,在学校的课堂上教师有时会用教学幻灯机来放映有关日俄战争(1904—1905)的时事幻灯片给学生看。那一天鲁迅看到了这样的场面:一个为俄军做密探的中国人,在一群同胞的围观下被日本士兵砍头处死。而无论是被砍头的人,还是在旁边围观的人,所有的同胞都体格健壮但神情麻木。

弃医从文

于是,鲁迅就这样从仙台医专退学回到了东京。他说,那是因为自己强烈意识到,凡是"愚弱的国民",无论身体怎样健壮,最后也只能作毫无意义的示众的材料和看客。所以应该首先去致力改造"愚弱的国民"的精神,而文艺恰恰是改造精神的有效武器，因此自己应该去从事文艺运动。鲁迅的这个回忆写于"事件"发生的十七年后。人们所说的这个"幻灯片事件"，应该是经过漫长岁月在鲁迅心中形成的一个"故事"。这个"故事"所讲述的，并非是事发当初（1905年）的回忆，而是鲁迅在回忆这一时刻（1922年末）的思考。但无论如何，他所描述的令人绝望的民众形象，其发端存在于弃医从文的仙台时期，这一点对于思考后来的鲁迅文学具有极其重要的意义。

当时仙台还是一个人口仅有10万，在全国城市中名列第11位的中型城市。日俄战争的爆发，使得兵役以及税赋加重等成为新的社会问题，市民购买力开始明显下降。比如，1904年上半年东京运往仙台火车站的货物运输量便下降到往年同期的三分之一左右。与东京相比，尽管仙台到东京上野的铁路早在19世纪90年代中叶便已开通，从仙台乘车12个小时即到东京，仙台市内的小剧场"森德座"也经常有电影上映，但与"信息城市"东京相比，仙台的信息量还显得很少，人口数量也仅仅相当于绍兴城内的规模。在仙台读书的一年多时间里，鲁迅竟然三次前往东京度假，最后索性从仙台医专退学回到东京，其原因或许是因为鲁迅一直没能忘怀信息城市东京所特有的快感和兴奋也未可知。

五、文学运动的正式启航

倾倒于夏目漱石

于是,鲁迅告别仙台,开始了第二次东京生活。跟当时的日本学生一样,鲁迅身穿和服,腰间系带,下着裤裙,唇上的德式胡须也留了起来。他把学籍挂靠在德国学协会附属德语专修学校("独协大学"前身),每天流连于丸善书店以及其他各种各样的书店书摊,专心搜罗书籍杂志,尝试文学评论和欧美文学介绍。夏目漱石成为朝日新闻社专属作家,开始在报纸上连载长篇小说《虞美人草》时,鲁迅则每天早上醒来后的头一件事就是,依偎在寓所的铺席上,嘴里叼上常见的敷岛牌香烟,翻阅报纸的小说版面。1908年4月,鲁迅还和周作人、许寿裳等五个留学生一起租下了夏目漱石一家曾经住过的本乡西片町的宅院,并命名为"伍舍"。

夏目漱石是鲁迅最喜欢的日本作家之一,而在夏目漱石那里,中国也是贯穿其创作生涯的一个重要主题。1900年,

第三章 充满刺激的留学体验——东京、仙台时期

身穿和服的鲁迅（右）

夏目漱石赴英国留学，途中第一站就是在上海和香港停泊靠岸，因而上海和香港也成了他最初的外国体验。到达伦敦后的第二年四月，夏目漱石写了一篇留学报告，题为《伦敦消息》。文章写到他对义和团事件（1900年）之后中国形势的关注，称"吾辈照例阅《标准晚报》……先阅支那事件报道"。成为小说家以后，直到未及完成的遗作《明暗》为止，中国依然是夏目漱石持续关注的主题。诸如长篇小说《草枕》（1906年）的结尾，女主人公那美与前夫在火车站告别，满载士兵的列车即将发车，而目的地就是日俄战争的战场——中国"满洲"；在另一部长篇小说《三四郎》（1908年）的开头，刚上大学的主人公坐上东海道线列车，邻座一位女子的丈夫去大连打工下落不明，另一位老爷爷的儿子则在日俄战争中战死于旅顺。

对国语普及的高度关注

另一方面，鲁迅不仅买过夏目漱石作品的单行本，晚年还购买了岩波书店刊行的决定版《漱石全集》（1935—1937）。

1923年，鲁迅和周作人合译并出版了《现代日本小说集》，其中收入夏目漱石的《克莱喀先生》等两篇作品，有关夏目漱石的解说文字也出自鲁迅之手。在《我怎么做起小说来》（1933年）一文中，鲁迅称夏目漱石是当时自己最爱读的作家之一。曾有学者提出鲁迅的《藤野先生》受到过《克莱喀先生》一文的影响。的确，在20世纪初叶，安特莱夫（1871—1919）曾有过世界性的影响，夏目漱石和鲁迅在同一时期先后关注这位著名的俄国作家，实在是令人回味。夏目漱石的文学，从个人与国家有机结合的视角出发，深刻探讨了日本作为新兴民族国家所面临的重要课题，同时为近代日本的国语普及做出了很大贡献。这大概也正是鲁迅高度关注夏目漱石的理由之所在。

加入光复会

鲁迅还曾热心参加同乡先学章太炎开办的国学讲习会，随其学习许慎的《说文解字》。章太炎曾因在上海租界报纸上宣传革命被租界工部局判刑三年。1906年出狱后东渡日本，担任革命派机关报《民报》主编。他提出"国粹哀惜"的口号，认为国粹存在于中国古典中，呼吁研究国粹以唤起汉民族的民族自觉。晚年鲁迅曾高度评价这位经学大师，称之为"有学问的革命家"。

一般认为，鲁迅于1904—1905年加入了以反对满清为宗旨的民族主义革命团体光复会（成员多为浙江、江苏两省出身者）。1905年8月，光复会与兴中会（广东派）和华兴会（湖南派）举行大联合，在东京成立了中国同盟会。日本学生增田涉在上海结识晚年鲁迅之后，曾亲耳听鲁迅说过：

> 我在清末参加革命活动时，曾被上边的人命令去暗杀某位名人。但就在要出门时，我忽然想，这一出去，结果大概要么是被抓要么是被杀，如果自己死了便只剩下母亲，所以得问清楚自己死了的话，组织上打算如何安置照顾母亲。这话刚一出口，对方便说，这样瞻前顾后的可不行，算了，你不用去了……。（增田涉《鲁迅的印象》，角川选书，1970年）

与朱安的旧式婚姻

鲁迅孝心很重，甚至可以说有些近乎恋母情结。这种浓重的孝心对他后来的人生产生了很大影响。比如，1906年夏天鲁迅回国探亲之际，奉母亲之命与朱安完婚。朱安是个小脚女人，文化水平也很有限。在当时的中国，男女婚姻主要

朱安

由父母决定,婚姻双方当事人很难决定自己的命运。

然而,在工业化民主国家,以自由恋爱和自由婚姻为特征的核心家庭制度,已成为整个社会的重要基础,革命与恋爱也成为文学的两大主题。随着对这一理解的不断加深,鲁迅深刻体会到无论是在精神层面还是在肉体层面,自己的旧式婚姻都注定成为一个难以抚慰和愈合的创伤。在当时,远渡重洋回老家完婚通常需在父母身边待上个把月,举行一连串的完婚仪式。但婚后仅四天,鲁迅便将新娘朱安留在老家,带上刚从江南水师学堂毕业拿到官费留学资格的周作人回到了东京。这大概便是鲁迅面对旧式婚姻所能做出的最大限度的抗议吧。

遭遇挫败的开创性探索

1907年夏天,鲁迅又一次遭遇了挫败。他和周作人、许寿裳以及章太炎的年轻朋友苏曼殊等人商议筹划,准备创办一本名为《新生》的杂志,但最后却落得个半途而废的结果。那些原本为《新生》所写的论文以及翻译作品,于第二年发表在河南省留学生杂志《河南》上,其他的小说翻译则稍后收入了鲁迅兄弟编辑的《域外小说集》(全二卷,1909年)。

正如第一章所述,在论文《摩罗诗力说》中,鲁迅称欧洲浪漫派诗人一直都站在民族国家建设的先头。在论文的最后一章,鲁迅甚至将这些诗人比作进退腾挪不惜以鲜血给予观众战栗和快意的斗牛士。波兰作家显克微支(1846—1916)著有历史小说《你往何处去》(1896年)。这篇作品叙写了古代罗马皇帝尼禄对基督教异教徒的残酷迫害。其中有一个场景是面对沉醉于面包和马戏的罗马市民,为了拯救基督徒少女公主,勇士维尼兹尤斯在斗兽场与猛牛展开了一场惊心动魄的搏斗。《摩罗诗力说》的结尾似乎受到了上述场面描写的启发。

勇士的生死搏斗打动了蒙昧的群众,人们纷纷站出来加入到反抗专制君主的队伍中。这个故事恰好和鲁迅构筑的诗人形象完好重合。尽管如此,鲁迅还是以这样的形成结束了他的文章:"虽有(斗士)而众不之视,或且进而杀之……则中国尔后,且永续其萧条"。就这样,"寂寞"之中国这一意象逐渐转化为鲁迅自身的内在肌理。

《域外小说集》是俄国、东欧以及英、美、法等国作家的人气短篇小说译作集,第一卷第一版印数为1000册,在当时的东京出版界这已是相当可观的数字。要知道,同一时期夏目漱石出版《吾辈是猫》上中下三部曲单行本(1905—1907),各卷初版本的印数也不过1000—1500册而已。由此可以看出鲁迅他们的雄心壮志。可惜的是,当时中国的出版体系尚未成熟,《域外小说集》销售情况很不理想。最终鲁迅的这一开创性探索再次遭遇挫折。

第四章 从官员学者到新文学家
——北京时期

杭州时期的鲁迅

一、从杭州、绍兴到北京

临时政府官员

鲁迅曾考虑过继续去德国留学,但由于大家庭需要有人撑起经济上的负担,他终于还是让周作人留在东京继续读书,而自己于1909年8月回国,到浙江省会杭州担任师范学堂教员,教授化学和生物,同时给讲授植物学的日本教员担任翻译。在讲台上,鲁迅依然穿着留学时期的学生制服。翌年8月,鲁迅转任家乡的绍兴府中学堂,教授博物学。一年零两个月后,辛亥革命(1911年)爆发,鲁迅率领学生武装队负责绍兴城内的警备,迎接革命军入城。此时绍兴的保守派依然有相当势力。面对这种现实,正像鲁迅那篇具有私小说性质的作品《范爱农》所描写的那样,那些曾在日本留过学并积极参加革命运动的人都饱尝了失望之苦,已经身为绍兴师范学堂监督的鲁迅同样深感幻灭。次年,即1912年2月,鲁迅接受中华民国临时政府教育总长蔡元培(1868—1940)的邀约,前往南京临时政府教育部任职,不久又跟随临时政府北上,在北京担任教育部科长级官职。

北京的内城与外城

1421年,明朝永乐皇帝将国都由金陵(今南京)迁往北平,并将北平改称北京。此后北京在大都的基础上开始进行大规模城市建设,修建城墙23公里、城门九座(南三、东西北各二)以及护城河等。到了明朝中叶,为适应城内人口增加并防止蒙古族入侵,又在北京南侧增建了包括七座城门在内、长度为14公里的外城,而原有的北京城则称为内城,内外城面积合计60平方公里。这个面积恰好与日本东京中心的四个区(千代田区、港区、新宿区及文京区)大小相当。至于北京城内的人口,在清朝末年的1911年为78万,到1922年进行人口调查时已增加到91万。

辛亥革命的爆发

辛亥革命始于1911年10月爆发的武昌新军(清政府于甲午中日战争后创建的新式陆军)起义。这场起义得到南方十二省的响应,迅速向全国蔓延。次年1月,亚洲第一个共和国——中华民国在南京宣告成立,孙文就任首届临时大总统。为了对抗革命势力，清政府任命北洋军阀统帅袁世凯为政府内阁总理大臣，试图借助袁世凯的军事实力与革命军一决雌雄。由于南北双方军事力量旗鼓相当，内战一时处于胶着状态。其后，孙文与袁世凯以电报方式进行南北谈判，最终商定清帝溥仪于1912年2月退位，袁世凯就任临时大总统。不料袁世凯不久便企图废除中华民国约法，恢复帝制，自称皇帝。袁世凯的复辟行径遭到各界广泛反对，各地纷纷爆发反袁运动，在一片声讨浪潮中，袁世凯于1916年6月死去。之后北洋军阀四分五裂，各派系军阀为争夺北京政府的统治权，屡屡开战；而南方的非北洋系军阀则打出拥护宪法的旗号，与北京政府展开对抗和博弈。中国开始进入长达十数年之久的分裂时期。

二、作为"文化中心"的北京大学

北京大学的渊源

由于政治形势动荡不安,作为帝都皇城长期君临全中国的北京,其政治地位有所弱化。但另一方面,作为文化之都的北京却反而更加令人瞩目。而造就这一局面的,便是新兴的知识阶层,即以北京大学为首的全国高等教育机关的教员和学生。北京大学的前身系 1862 年设立的外国语学校京师同文馆,戊戌变法之际,梁启超参考日本的学校教育制度结构,草拟了京师大学堂规则,计划招收 500 名学生,后因戊戌变法失败未果。辛亥革命胜利后,清末著名革命家兼教育家蔡元培担任中华民国首届教育总长,制定并公布了大学令,于是中国第一所也是唯一的国立大学——北京大学终于诞生。1917 年,蔡元培亲自担任北京大学校长,大胆实行改革,倡导学术自由,积极保护和支持教员学生掀起的文化运动。

在军阀混战时期,北京大学虽然在不断培养优秀人才,但其背后并没有一个可以为这些人才提供保障和支持的共和国,政府的教育预算经常被挪用为军事预算,拖欠教员工资的现象屡屡发生。面对这种状况,北京大学迫切渴望并要求能够建立起一个共和国体制,进而其自身也逐渐成为革命运动的中心。不难想象,在文化之都的核心区域里有这样一所大学存在,那么这个城市的文化也会不可避免地成为向往革命的文化。

最大的学生城市

19世纪70年代以来,欧美教会以及中国资产阶级在上海开设了为数不少的学堂。但这些学堂大多规模较小,一个年级仅有数十人,比起现代性的学院来说,毋宁更接近于私塾。到1919年,全国有教会大学14所,在校学生2017名;而同一时期的北大这一所学校就有学生2300名(1922年),超过全国教会大学的学生总数。不仅如此,北京拥有的高等学校数量也是全国第一,具体包括国立学校19所、私立学校6所,学生总数达到13000人,占全国大学及专业学校学生人数的40%以上,北京妥妥地成为全中国最大的学生城市。

以北大学生的出生地来看,本地的直隶省(相当于今河北省)最多,有321人(14%);其他则为江苏184人、浙江

197人、安徽102人，长江下游三省即上海周边合计483人（21%）。除此之外，广东231人（含华侨）、四川139人、山东147人。总之，北大的学生来自全国各地。教授队伍也同样集中了从欧美和日本留学归国的少壮文化新锐，如陈独秀、钱玄同、周作人、胡适等。1918年，北大教授平均年龄不到40岁；202名教员中，祖籍为直隶及北京者仅有12人，而江苏有40人、浙江39人、安徽17人，也就是说北大教员绝大多数为南方人。在北京这座文化之都复兴的过程中，清末变法派所构想的京师大学堂自然是其原动力之一，但同时，

《国学季刊》封面

北京大学校徽

那些出生于上海周边并具有留学经历的教授，以及来自南方的年轻学生们也是流入北京大学的重要的新鲜血液。这既可以说是发端于上海的欧化一派盖过了北京，也可以说是古都北京吸收新兴上海的能量而改变了自己的面貌。

兼任北京大学讲师

从1920年12月开始的六年间,鲁迅在教育部工作的同时,还兼任北大的讲师。他每周去北大讲授中国小说史,为北大的刊物写稿,还完成了北大校徽以及北大《国学季刊》的封面设计。

1925年12月17日《北大学生会周刊》创刊时,鲁迅特意撰写了《我观北大》一文,给予北大高度评价:"北大是常为新的,改进的运动的先锋,要使中国向着好的,往上的道路走。虽然很中了许多暗箭,背了许多谣言;教授和学生也都逐年地有些改换了,而那向上的精神还是始终一贯,不见得弛懈。"鲁迅向来以讽刺批评见长,但此文却满是真诚的肯定和期待,意味深长。

三、文学革命与五四运动

提倡全面使用白话文

在中国,自汉代以来,以古典语汇和语法为基础的文言文一直被视为"国语"的正统。直到20世纪第一个十年,在美国留学的胡适划时代性地提出,在写实以及大众性交流等信息传达,即作为民族国家的语言媒介方面,白话文远远胜于文言文。胡适站在历史进化论的立场上,主张"文言文=旧、白话文=新"的语言进化论,彻底颠覆了"士大夫阶级=文言文、下层民众=白话(古典口语)"这一旧的语言价值体系,极大改变了中国的语言观念。在1916年8月的日记中,胡适总结出了全面使用白话文的"文学革命八条件"。

不用典。
不用陈套语。
不讲对仗。

不避俗字俗语。（不嫌以白话作诗词）

须讲求文法。——以上为形式方面。

不作无病之呻吟。

不摹仿古人。

须言之有物。——以上为精神（内容）的方面。

（《文学改良刍议》，《新青年》1917年1月号）①

稍后，胡适在1917年1月号《新青年》上发表了著名的《文学改良刍议》一文，正式提出了"文学革命八事"；紧接着，《新青年》主编陈独秀又在2月号卷头发表了《文学革命论》，呼吁推倒"贵族文学""古典文学""山林文学"，建设"平民文学""写实文学""社会文学"。文学革命从此正式拉开序幕，北京大学成为文学革命的中心。

---

①作者此处引用与《新青年》发表的《文学改良刍议》有若干文字出入。据胡适《逼上梁山——文学革命的开始》（《中国新文学大系·建设理论集》）等资料可知，"八条件"的说法最早见于1916年8月19日胡适致朱经农信；又见1916年10月致陈独秀信。但在《新青年》以《文学改良刍议》为题发表时，改"八条件"为"文学革命八事"；另，"八事"的顺序也改为：（一）须言之有物。（二）不摹仿古人。（三）须讲求文法。（四）不作无病之呻吟。（五）务去滥调套语。（六）不用典。（七）不讲对仗。（八）不避俗字俗语。

《新青年》创刊

《新青年》于1915年创刊,主要撰稿人多为北京的知识分子,尤其是北京大学的教授们,如鲁迅、胡适、周作人以及马克思主义的传播者李大钊(1889—1927)等。这一批年轻知识分子大都30岁前后,接受过清末西欧式教育制度和留学制度的培育,他们先后集结到新文化大本营北京大学,致力于对更加年青的一代进行启蒙,他们主张民主与科学,批判儒教,倡导全面学习欧美,并发动了文学革命和新文化运动。出自这批精英知识人之手的《新青年》,是一本厚达300余页的综合杂志,鼎盛时期发行量达到16000多册。通过这本杂志,个人、内心、恋爱、货币经济制度——这些来自于近代西欧的重要概念,相继在中国文学的世界中登场。

在文学革命发生前后,教育制度层面的白话文教育也开始迎来急速发展的局面。1913年,教育部召集读音统一会,探索制定以北京话为基础的标准语。到20年代初,小学所有年级的文言教材全部改为白话文,中学教材的改革也不断推进。文言文的国文科承载的是儒教意识形态,而白话文的国语科则体现着共和国的意识形态。当时,满清这一异民族王朝体制虽已瓦解,但汉民族国家尚未完全形成,民族主体性的确立任重道远。在这个关键时期,白话文学承担了为

第四章 从官员学者到新文学家——北京时期

《新青年》封面

知识阶层提供新的表现形式、促进民族国家话语体系建设的使命。

成熟的近代文化都市：北京

这一时期，北京的城市面貌也发生了巨大变化，铺马路架路灯、修建电影院等大众娱乐设施，工人运动也开始登场。总之，在北京的城市空间中，现代与前现代展开了激烈的博弈。1924年，北京电车公司开通了第一条电车线路，有10部电车运行于内城南北方向的正阳门至西直门之间。到1949年时，北京的电车线路增加到10条，总里程达到48公里。可以说，虽然在时间上比东京滞后了20年，但北京在文化层面的发展和成熟可谓日新月异。

第一次世界大战期间（1914—1918），以纺织业为中心的中国民族资本取得了飞跃性发展，建设民族国家的气氛在全国范围内空前高涨。以巴黎和会将德国在山东的权力转让给日本为导火索，1919年5月4日，北京的青年学生们掀起了一场反对日本帝国主义、反对军阀的政治运动（五四运动）。

这一消息通过媒体迅速传遍全国,五四运动迅速蔓延至各城市各阶层。这场运动阻止了北京军阀政府在《凡尔赛和约》上签字,并继续发展为20世纪20年代后半期的国民革命。

四、从官员学者到新文学家

只身北上赴任教育部

1912年5月初,鲁迅和许寿裳一道由上海经水路前往天津,在天津再转乘京津铁路奔赴北京。鲁迅在日记中记录了对华北的第一印象:"途中弥望黄土,间有草木,无可观览。"鲁迅的首次北京之行没有妻子陪伴,朱安留在绍兴照顾鲁迅的母亲。赴任北京后,鲁迅独自一人寄居于宣武门外的绍兴会馆,上班地点则在西单南的教育部。这种状态一共持续了七年半之久。

所谓会馆,是地方行政单位的省或县设立的供同乡住宿的会所兼宿舍,全国各地在北京设立的会馆一共有420多处。绍兴会馆共计有大小房间84间,客人多为

绍兴会馆

绍兴人，于是绍兴方言和习俗也就成为这间会馆的重要特征。中国的县大体相当于日本的郡，人口规模一般在数十万，整个中国约有2000多个县。绍兴会馆历史悠久，院子里有一棵高大的槐树，传说曾有一位高官小妾吊死在这棵树上。鲁迅借住的房间正好对着这棵树，据说因该传说这间房很长时间一直没人住。夏日时节，鲁迅于这里乘着大槐树的夕凉，相继创作了以凝视死亡和发狂为主题的《狂人日记》《孔乙己》《药》等小说。另外，1917年4月，经鲁迅推荐，周作人被聘为北京大学教授。于是周作人也来到北京，并与鲁迅住在一起。9月，周作人正式获得北京大学颁发的教授聘书。

举家迁居北京

1919年，考虑老家周氏家族兴房各家的诸因素，鲁迅卖掉了位于绍兴新台门的宅院老屋，在北京内城西北的八道湾买下一处四合院，并于同年12月回到绍兴老家，用一个月的时间处理好卖房搬家各种事宜后，带着母亲、小弟周建人，以及妻子朱安搬家来到北京。八道湾的四合院属于中国北方的传统住宅样式。整个宅院呈方形，东西南北四周各有三个房间。南侧房屋面朝马路并延伸出高达三米的红砖围墙，还有一个中国式大门。我们知道，北京城四周围着高大宏伟的城墙，所以城里那一个个被墙围着的四四方方的四合院，也算是城中城，是数百分之一的微型故宫。在四合院这种中流社会家庭的小天地里，女人基本不用外出，需要买日常生活所用的东西时，会有人挑着担子上门叫卖，甚至耍猴的、演木偶戏的也都可以到四合院来上门服务，在院子里表演节目。四合院宛如一个建立在家族制度基础上的小型共同体。

周氏兄弟的这个是一个二进院的四合院，南北63米，东西26米，占地面积大约1600平方米。住在这里的，有鲁迅的母亲和鲁迅夫妇，还有两个弟弟周作人、周建人以及他们的妻子。另外从绍兴老家来的亲戚朋友以及爱罗先珂等来自日本的客人也都在这里住过。在这个四合院里，鲁迅的母亲、妻子，还有绍兴出身的佣人以及寄宿的同乡之间都讲绍兴方言，而周作人、周建人两兄弟的日本妻子羽太信子、羽太芳子及其孩子们则讲日语，这个大院俨然就是一个双语世界。

埋首拓本搜集

鲁迅在教育部担任的职位是社会教育司的科长，主要负责博物馆、美术馆的管理工作。任职期间，鲁迅起草《拟播布美术意见书》(1913年)，筹划开设历史博物馆以及京师图书馆(后来的北京图书馆)的搬迁,制定汉语注音符号——"注音字母"等,开展了一系列工作。奈何袁世凯独裁体制对行政官员系统的控制日益严峻,教育行政逐渐陷入停滞不前的状态。无奈的鲁迅开始埋头于拓本的搜集整理以及古籍的校勘研究。对此,日本的中国版画研究专家奈良和夫认为,鲁迅对"中国古人所表现出来的强韧的生命力——通过石刻这种永恒的方式证明和保存自我的历史存在——产生了强烈共鸣"。对鲁迅而言,拓本搜集既是章太炎倡导之爱惜国粹论的实践,同时也是消沉时期的一种精神寄托。

文学活动的重启

不久,《新青年》杂志掀起了一场声势浩大的文学革命,鲁迅与之相呼应,在《新青年》上发表了具有里程碑意义的《狂人日记》。除了创作小说,鲁迅还积极展开评论与翻译活动。就这样,鲁迅开始了继留日时期之后的第二次文学创业。从1918年到1922年的四年间,鲁迅创作了《孔乙己》《故乡》《阿Q正传》等十四篇短篇小说,出版了他的第一本作品集《呐喊》。"呐喊",意为在战场上向敌人阵地冲锋时为激励士气而大声呼喊。正如书名所示,《呐喊》以锐利的批判精神揭示了中国社会的黑暗存在。

我想,《狂人日记》算得上是一篇充满哲学意味的小说。

主人公狂人脑海中的"吃人"妄想浓缩了中国人之间相互隔绝彼此孤立的关系结构；在鲁迅的笔下，痛斥"吃人"的狂人自身也背负着"吃人"的原罪。显然，鲁迅是在探索同处吃人罪孽结构中的狂人与民众间的精神沟通问题。早在东京留学时期，鲁迅就曾在《摩罗诗力说》中指出，中国的诗人和先驱者们与民众隔绝，被民众孤立。对于青年时代所提出的这些思想课题，《狂人日记》进行了进一步探索，同时最早体现出了文学革命的意旨。从《狂人日记》开始，以第一人称讲述精神纠葛和内心历程逐渐成为五四新文学的主流。

《狂人日记》的原型

学界一般认为《狂人日记》创作于1918年4月，发表于同年5月15日发行的《新青年》第四卷第五号。但笔者在编写《鲁迅事典》（三省堂）的过程中，曾对上海《申报》刊登的出版广告、《北京大学日刊》"图书馆书目室布告"栏，以及《周作人日记》等进行爬梳，结果发现《新青年》杂志的实际发行时间比通称的5月晚了一个月，因此《狂人日记》的创作时间也有可能是在5月。更加值得关注的，就是在5月份，北京《晨报》社会版还发表了一连串令人震惊的新闻报道，它们是《瘵妇食子奇闻》《孝子割股疗亲》《贤妇割肉奉姑》以及《贤妇割肾疗夫》等。

第一篇说的是疯母食人事件，而其他另外三篇报道讲的都是孝子、贤女、良妻割下自己的肉为父母、婆婆、丈夫治病。尤其值得注意的是，这些报道都是秉持所谓"孝"和"贤"这些儒教价值观，肯定和赞赏割肉治病的行为。可以想象，当鲁迅看到媒体对孝子贤妇们割下自己的肉让父母吃赞美有加时，一定是既震惊又愤怒。他创作《狂人日记》的动因或许就在这里也未可知。

另外，《狂人日记》是有原型的，那就是鲁迅的同乡表兄弟阮文恒（1886—1938）。在《鲁迅日记》里，他曾以阮久孙这个名字数次出现。此人在山西省繁峙县做过县丞，后因某案件遭受胁迫导致神经错乱，1916年10月跑到北京投奔鲁迅。结果鲁迅带他到日本医师池田开办的医院住了一周院，然后派人把他送回了绍兴。

标点符号的重要性

《狂人日记》"序"为文言文写成，但使用了当时《新青年》正在倡导的新式标点。"序"之后的小说正文全部使用白话文，但正如有的中国研究者所说，"（第一节）共69个字，52个词，其中单音节词34个，双音节词18个，各占65%和35%。这些词连缀在一起,从音韵节奏上还能感受到文言的特征。"(吴晓峰《"错杂无伦次":〈狂人日记〉的语言狂欢》,《国际商务(对外经济贸易大学学报)》2008年增刊号)

清末至中华民国初,标点符号的使用尚未普及。鲁迅在较早阶段便已认识到标点符号的重要性。例如,在鲁迅和周作人翻译的《域外小说集》(1909年)里,鲁迅在"序言"后面专列了"略例",对标点符号的使用方法进行说明:"!表大声,?表问难,近已习见,不俟诠释。此他有虚线以表语不尽,或语中辍。有直线以表略停顿,或在句之上下,则为用同于括弧。"[①]《新青年》杂志全面采用白话文体始于1918年第四卷第五号。在此前的第四卷第二号(2月15日发行),语言学家钱玄同在发表了《句读符号》一文,提出"繁简二式的句读符号"。所谓"繁式""用西文六种符号:,读／;长读／:昌或结／·或／。句／?问／!叹";而所谓"简式","仍照以前用句读两号：、读／。句"[②]。钱玄同的"繁式"与鲁迅在《域外小说集》所使用的标点符号基本相同,只有

---

① 鲁迅:《〈域外小说集〉略例》,《鲁迅全集》第10卷,人民文学出版社,2005年,第170页。
② 钱玄同:《句读符号》,《钱玄同文集》第1卷,中国人民大学出版社,1999年,第112页。

";"":"在译成现代日语时,需要适当变为"。"或"、"。总之,从第四卷第五号开始,包括《狂人日记》在内,整个《新青年》杂志全部变为白话文,并使用钱玄同所设计的标点符号。在文体上,虽然《狂人日记》的语汇和语法都还有文言痕迹,但在标点符号方面却几乎完全实现了口语化。而一年后发表的《孔乙己》和《药》,则全面完成了口语化的转变。1920年2月,中华民国教育部发布新制定的标点符号方案,而这套方案又基本上援用了《新青年》杂志的标点符号。至此,鲁迅、钱玄同等人历经十余年的苦心努力终于修成正果。

"圆熟""深切"之作:《孔乙己》及《药》

《狂人日记》以第一人称文体以及对"吃人"现象的尖锐批判,形成了强烈的轰动效应,但在小说技法和故事结构方面,尚未达到圆熟的境地。而一年后问世的《孔乙己》和《药》,无论是文体还是结构,都体现出了很高的水准。因此,小说家鲁迅的真正亮相作品应该是《孔乙己》和《药》。这两篇作品分别发表于《新青年》第六卷第四、五号,刊物目录显示分别为"1919年4月15日发行"和"1919年5月出版"。但实际的刊行时间大约是8月中旬和9月22日前后。根据《〈孔乙己〉附记》和《鲁迅日记》推测,《孔乙己》的草稿作于1918年末，定稿于1919年3月10日，《药》完成于4月25日，但实际上究竟哪一篇脱稿在先还无法确定。

短篇小说《药》中因参加革命而被处死的革命家夏瑜，其原型是女革命家秋瑾（1877—1907）。秋瑾出身于绍兴，后因策划反清武装起义而被清朝政府逮捕处死。秋瑾牺牲时，青年学生间流行送花圈悼念，但一般民众尚不理解这种新的习惯。鲁迅说过，这篇小说既描写了新旧两代人之间的隔阂，也描写了上一代人相互间的隔膜和孤独。鲁迅还承认，这篇小说受到了俄国作家安特莱夫的影响。

《孔乙己》的故事发生在20多年前的清朝末期，舞台便是鲁镇上的小酒馆咸亨酒店。小说以十二岁开始在酒馆儿负

鲁迅故里咸亨酒店前的孔乙己像（2010年）

秋瑾（绍兴解放北路轩亭口，2010年）

责温酒的伙计"我"的视角,回忆讲述了那个在酒馆儿站着喝酒的穷酸书生孔乙己的故事。

芥川龙之介的影响

在开始进行小说创作的同一时期,鲁迅用一年时间集中阅读了芥川龙之介(1892—1927)的三部早期小说集,并于1921年5月—6月在北京《晨报》翻译发表了芥川的两篇小说《鼻子》和《罗生门》。另外,似乎可以推测,《孔乙己》的创作大约受到芥川的短篇《毛利先生》(1919年)的影响。芥川笔下的毛利先生,是旧制中学里的一位临时英语教师,一大把年纪,头戴礼帽身着礼服,长着一副"血色不佳的圆脸",说一口"尖得刺耳的""不像日语的日语"。而鲁迅描写的孔乙己也是穿着"又脏又破,似乎十多年没有补,也没有洗"的长衫,"青白脸色,皱纹间时常夹些伤痕",嘴里说的也是难懂的之乎者也。比较两人的作品,可以发现芥川和鲁迅笔下的主人公,无论在穿着、表情还是奇怪的话语上都颇相似。不仅如此,两篇作品在叙事结构上也神奇地相似,都采用了叙事者"我"于成年后回想其少年时代所见所闻的叙事方式,而两篇小说的叙事者也都同样拒绝过主人公的热心教诲。

关于芥川对鲁迅的影响,还可以举出其他例子。1919年

12月发表于《晨报》的《一件小事》，写叙事者"我"乘坐人力车外出，路上人力车不慎碰倒了一位衣衫褴褛的老妇人，"我"不以为然，甚至认为老妇人说自己受了伤是在说谎，于是挥手让车夫继续赶路。但满身灰尘的车夫的举动却完全相反。他"傻傻的"跑过去把老妇人扶起来，关切地询问她的伤势。这很像芥川的短篇小说《蜜桔》（1919年）。芥川也是通过叙事者"我"的视角，描写乘坐横须贺线火车外出打工的小姑娘，从车窗里把蜜桔扔给在沿途铁路旁目送自己的弟弟们。总之，《呐喊》中的一些短篇小说，无论是叙事结构还是题材内容都可以看到芥川以及安特列夫等作家的影响痕迹。从比较文学的视角进行考察，可以帮助我们更深入地理解鲁迅文学。

芥川还有一篇题为《流浪的犹太人》的小说。这篇小说取材于中世纪欧洲的同名传说，而鲁迅曾对这个传说的主人公阿哈斯瓦尔表示过强烈的共鸣[①]。鲁迅与芥川之间的这一共同点也很值得重视。芥川自杀后，中国当时最具代表性的文艺杂志《小说月报》曾专门编辑了"芥川龙之介专辑"（1927年9月号），以示哀悼和纪念。

---

① "Ahasvar 阿哈斯瓦尔，欧洲传说中的一个补鞋匠，被称为流浪的犹太人。"出自鲁迅杂文集《坟》中的《娜拉走后怎样》。

日本及欧美文学的译介

北京时期的鲁迅曾致力于日本以及欧美文学的翻译介绍。1921年4月—7月,芥川以《大阪每日新闻》特派员的身份来华,走访了上海、北京等许多地方。正是在芥川访华期间的4月—5月,鲁迅翻译了芥川的《鼻子》和《罗生门》,并刊载于北京《晨报》,后收入《现代日本小说集》(1923年)。而另一方面,芥川也是在逗留北京期间看到了鲁迅的翻译,并为译者"很明确的传达出了自己的心情而感到惊喜"(《北京周报》1923年9月23日)。后来芥川在《日本小说的中国译本》(1925年)一文中高度评价中国的日本小说翻译,称其"比之目前日本流行的西方文艺译著,也绝不逊色"。

《新青年》内部的分歧

围绕着如何认识俄国革命(1917年),如何接受马克思主义等问题,《新青年》杂志内部的矛盾不断加深。陈独秀(1879—1942)、李大钊(1889—1927)等人倾向于列宁的布尔什维克,并接受了共产国际的支持,于1921年7月创建了中国共产党,《新青年》也成了中国共产党的机关杂志。而另一方面,胡适却坚决反对马克思主义,主张实行美国式的现代化,鲁迅、周作人等也对布尔什维克的专制性抱有疑问,而对日本白桦派文学以及武者小路实笃的新村运动[1]产生了兴趣,对无政府主义也怀有好感,并逐渐疏离《新青年》。在家庭生活方面,由于周作人之妻羽太信子的缘故,鲁迅和周作人在1923年7月突然失和并断绝兄弟关系,鲁迅随即搬出八道湾。自此,继"呐喊"时期之后,鲁迅开始进入"彷徨"时期。

---

[1] 1918年11月,白桦派作家武者小路实笃等人在九州宫崎县木城村建立了一个农业生活共同体(村落),称之为"新村"。这一共同体以建设无政府、无剥削、无强权、无体力和脑力劳动对立的理想社会为宗旨,具有浓厚的乌托邦色彩。武者小路本人曾在"新村"生活过数年,后转为村外会员。"新村"鼎盛时期曾有成员50余人,刊行过《新村》杂志,后迁至东京附近的埼玉县。这一组织及其运动于五四时期由周作人等介绍到中国,曾有较大影响。

五、"彷徨"时期

俄国诗人爱罗先珂

20世纪20年代,曾有一位俄国诗人纵跨东京、上海、北京,他就是瓦西里·爱罗先珂(1890—1952)。爱罗先珂出生于俄国南部的一个富农家庭,四岁时双目失明,后来先后在莫斯科盲童学校以及伦敦皇家盲人师范学校学习,1914年只身远渡日本学习针灸等汉方医学;学习日语两年后即开始以口述方式进行日语童话创作。1916年以后的三年时间在泰国和印度漂泊浪迹,后被英属印度官方以布尔什维克嫌疑犯的罪名驱逐出境。回到日本后他积极参加左翼派举办的演讲会,倡导宣传人类解放。因恐惧爱罗先珂会引发社会主义国际联合及大众运动,日本政府于1921年6月以"妨害帝国之安宁秩序"的罪名将其驱逐出境,经由敦贺遣返俄国海参崴。后由于十月革命后俄国继续发生内战,爱罗先珂未能回到莫斯科,遂转道来到上海。稍后在鲁迅和周作人的斡旋帮助下,被北京大学聘为世界语教师,1922年2月起在八道湾周家生活了一年多。

爱罗先珂来到北京后应邀在北京大学礼堂举行演讲会,听众多达数千人,礼堂里座无虚席水泄不通。然而,他的演讲与左翼学生及知识分子的期待相距甚远。爱罗先珂甚至尖锐批判布尔什维克发动的俄国革命是一场专制主义,揭露布尔什维克对知识阶级的镇压。于是,爱罗先珂任教仅仅数月,选修其世界语和文学课的学生便纷纷离去,甚至有的班最后仅剩下三个学生。很快,被称为"解放的预言者"的爱罗先珂光环尽失,在留下若干含有转向意味的童话后,于1923年4月离开中国回到莫斯科。

爱罗先珂作品的翻译

鲁迅翻译了爱罗先珂的两部日语作品,《爱罗先珂童话集》(1922年)和《桃色的云》(1923年)。鲁迅在小品《鸭的喜剧》(1922年)中有这样的描绘:

> 俄国的盲诗人爱罗先珂君带了他那六弦琴到北京之后不多久,便向我诉苦说:
> "寂寞呀,寂寞呀,在沙漠上似的寂寞呀!"

这应该是真实的,但在我却未曾感得;我住得久了,"入芝兰之室,久而不闻其香",只以为很是嚷嚷罢了。然而我之所谓嚷嚷,或者也就是他之所谓寂寞罢。

在五四文学革命时期以《狂人日记》发出第一声"呐喊"的鲁迅,此后一直处于共和国话语的中心。然而面对布尔什维克主导的革命,鲁迅开始对其未来前途抱有疑虑,留日时期以来所构筑的浪漫派诗人的理想形象开始逐渐崩塌,爱罗先珂般的那种"在沙漠上似的寂寞"呼喊,很快化作以寂寞和悲哀叙写自己前半生的《〈呐喊〉自序》(1922年)。

"彷徨"期鲁迅的心境

在"沙漠上似的"北京,流浪诗人爱罗先珂很快陷入消沉,鲁迅也迎来了自己的"彷徨"时期。短篇小说《故乡》(推定发表于1921年7月)结尾的那段话——"希望是本无所谓有,无所谓无的,这正如地上的路;其实地上本没有路,走的人多了,也便成了路"——恰好预示了鲁迅这一时期的心境。在这段日子,鲁迅关注"流浪的犹太人"的欧洲传说,并据此创作诗剧《过客》(1925年,收入《野草》),描写一位中年男子迎着来自西方的催促和呼唤,不停行走永世流浪。

有趣的是,这一时期鲁迅还翻译了日本伊东干夫的诗作《我独自行走》——伊东干夫系当时居住在北京的日本人,具体情况不详。

除了永世流浪执着行走的主题之外,这一时期,鲁迅还特别关注"罪"的主题。他的《风筝》(1925年2月)、《父亲的病》(1926年11月)等作品,一再叙写欲对亲人赎罪而不得的痛苦心境。《伤逝》(1925年10月)更是表达了罪与死这两个主题的交织和博弈。涓生与子君因相爱而毅然同居,但结果却是涓生辜负爱情、子君悲伤离世,涓生背负罪孽,陷入痛悔自责。

1923年12月,鲁迅在北京女子高等师范学校发表演讲《娜拉走后怎样》。当时中国的女大学生热衷崇尚易卜生《玩偶之家》的主人公娜拉,年轻的知识女性们将娜拉视为自由恋爱和女性解放的象征。然而,面对这些憧憬浪漫的女大学生们,鲁迅却一再提醒娜拉出走后的命运将会非常坎坷。他呼吁青年女性们不要被激情和冲动弄昏头脑,不要轻易采取过激行动,而必须要用坚韧的努力去争取独立的经济权。有趣的是,鲁迅在演讲的最后又话题一转,谈到"情愿闯出去做牺牲""乐于受苦的人物",他再次提起那个奇异的传说,讲到那个"背着咒诅","永世不得休息""始终狂走"的"流浪的犹太人"

阿哈斯瓦尔。透过鲁迅的话，可以看到一种充满孤独感的领悟——自己已是罪人，只能永无停息地战斗下去。

对于现代性的深刻省察

1924—1925年，鲁迅相继发表了《祝福》《孤独者》《伤逝》等11篇小说。这些作品后来收入他的第二本小说集《彷徨》。《彷徨》卷头印有屈原（公元前340—前278，战国时期楚国宰相，后抑郁而死）《离骚》中的诗句："路漫漫其修远兮，吾将上下而求索"，体现了鲁迅的心境。

鲁迅的第一部小说集《呐喊》展现了对传统中国的尖锐批判，而接下来的《彷徨》却在深刻省察通过批判传统而获得的现代性。与《呐喊》相比，《彷徨》中的作品整体上篇幅较长，原因是鲁迅的创作心态发生了变化，他虽身处彷徨，但却致力于深化自己的批判性省察。在《彷徨》里，依旧可以看到鲁迅文学的固有主题，即在寂寞苦境中沉默思考，但表现主题的文体却比《呐喊》更加圆熟，叙述视角（譬如爱与死等）也更加丰富。

由于当时汉语中还没有指称女性的第三人称代词，所以直到《呐喊》，鲁迅使用的都是古典文学中的"伊"。而从《彷徨》的首篇《祝福》开始，鲁迅正式使用了《新青年》同人刘半农于1920年6月创制并提倡的"她"字。显然,在描写男女爱情时,"他"和"她"这对第三人称代词使用起来既清楚又方便。但起初的一段时期,由于第三人称代词的用法还不成熟,有的人甚至搞不清这些代词到底指称什么。

《祝福》:技巧圆熟的杰作

《祝福》是鲁迅进入"彷徨"时期后创作的第一篇小说。"祝福"是江南地区的一种民间习俗,即于除夕之夜,烹制鸡、鹅、猪等菜肴供于福神前祭祀,五更时分燃香点烛,答谢神明保佑,祈求来年幸福。在小说里,叙事者"我"于年末回到故乡鲁镇,住在身为地主的叔父家里。第二天,"我"在河边遇到了祥林嫂。这个曾在叔父家里做过佣人的女人如今已沦为乞丐。祥林嫂见到"我",一再追问人死了以后究竟有没有灵魂,有没有地狱。第二天便是除夕了,可"我"却意外地听说祥林嫂已经死了……于是我的记忆苏醒了,从前关于祥林嫂的所见所闻一幕一幕地连成一片浮现在眼前。

1912年,大清帝国变成了中华民国,但在很多地方,传统的人身买卖婚姻、婆家将死了丈夫的儿媳卖给其他男人的野蛮风俗依然存在。勤劳善良的农村妇女祥林嫂便饱受了这些野蛮制度的摧残。更有甚者,还有跟她一样为人作佣的妇女用封建迷信来折磨祥林嫂,告诉她女性再婚便是不贞,再婚女子死了也得落入地狱,被阎王爷锯成两半分给两个丈夫。"我"的叔父叔母虽为地主乡绅,但其儒教信仰中满是利己私心,他们只知一己家族的昌盛,不但不想去改变鄙俗迷信,反而唯儒教教条是从,在野蛮的迷信面前助纣为虐。

叙事者"我"是一个"识字的,又是出门"(祥林嫂语)了的新派人物,照小说的描写,应该是某大城市教育界中的人物。但就是这样一个新派人士,当痛苦不堪的祥林嫂向他提出疑惑时,他却仅以"我说不清"来敷衍,立即躲开走人,满脑子想着第二天离开鲁镇进城,去昔日的饭馆儿享用和老朋友一起吃过的当地名菜。小说通过"我"这个软弱的中产阶级分子,叙述了处于社会最底层的农村妇女的悲惨人生,同时非常巧妙地描绘出20世纪20年代弥漫中国乡村的闭塞氛围,堪称技巧圆熟的杰作。不过,"我"究竟是怎样一个人物,他又是为怎样的目的回到故乡鲁镇的呢?

后来,夏衍(1900—1995)将《祝福》改编为电影剧本,1956年,由北京电影制片厂拍成电影,成为新中国成立后摄制的第一部彩色电影。导演由自民国起便享有盛誉的桑弧(1916—2004)担任,著名演员白杨(1920—1996)饰演女主角祥林嫂。

《在酒楼上》：归乡体验叙事

《在酒楼上》采用了叙事中的叙事形式，讲述"我"归乡后与老友重逢，老友向"我"讲述其归乡体验的故事。叙事者"我"从北方回江南省亲，顺路在家乡附近的S城停留，十年前他曾在这里做过一年教员。他去拜访昔日的同事，却不料他们都已先后离开了这里。于是"我"独自一人来到过去时常光顾的酒楼，坐在二楼，一边喝着绍兴老酒，一边眺望楼下荒园的雪景。没想到，就在这时候，"我"的老同学兼教员时期的同事吕纬甫走了进来。他也和"我"一样，离开S城，先去济南再去太原，眼下在一个同乡（大约是在地方任职的高级官员）家里教书，给孩子教教《诗经》和《孟子》等。两人一边喝酒，一边唠叨此行"还是为了无聊的事""做了一件无聊事"。原来吕纬甫这次回乡一是为了给早年夭折的弟弟迁坟，二是为了给先前东边邻居的小姑娘送两朵剪绒花发钗……

小说中"我"的故乡离S城"不过三十里"，令人联想起《祝福》中的鲁镇；而"福兴楼"所在的县城则令人想起S城。那里的清炖鱼翅是《祝福》里的叙事者"我"所怀念的青春时代的味道。在小说里，"我"和老同学苦笑着说，两个人都是"飞了一个小圈子"后，又"飞回"了故乡。《在酒楼上》

和《祝福》这两篇作品都描写了"我"的还乡，描绘了整个中国的沉闷和闭塞，同时弥漫着归乡者特有的怀恋青春的浓重乡愁。

《肥皂》：中产阶级中年夫妇的生活

《肥皂》写丈夫从外面买回来一块洋肥皂，结果引发了这对中年夫妻之间的小小波澜。主人公名叫四铭，妻子在家糊纸锭贴补家用，长子十余岁，正在读书，下面是八岁和四五岁的女儿。四铭曾是个开明派，戊戌变法（1898年）时主张开设洋学堂，提倡女子教育。但二十多年后的今天，他却变了很多。他为学生呼吁解放和自由而恼火，为女学生剪发而愤然。给老婆买肥皂时左挑右选，让店员拆开包装纸确认里面的肥皂如何，惹得在旁边买东西的学生嘲笑他是"恶毒妇"（old fool）。四铭回到家立即命令儿子查清"恶毒妇"的意思。原本四铭买肥皂的起因是在街上遇到讨饭的孝女，旁边有两个光棍调戏她："你只要去买两块肥皂来，咯支咯支遍身洗一洗,好得很哩！"四铭听了这话不禁怦然心动,这才买回了肥皂。晚上，诗社的同人前来拜访，询问对征文题目的意见。四铭提议用"孝女行"作题目，并讲起白天遇到的讨饭姑娘。不料诗社的同人听罢居然兴奋不已，大笑起来："咯支咯支，哈哈！"四铭老婆把刚刚小心收藏起来的肥皂拿出来扔在桌子上，一脸怒气，"咯支咯支，不要脸不要脸……""只要再去买一块……"

在近代东亚，香味的革命始于肥皂。在东亚近代化、欧化及民族国家建设过程中，身体行为的改造也是一个重要环节。在这个环节上，于男性而言，兵役和体育发挥了重要作用；于女性而言，香皂比香水和洋装更早出现，成为实践身体行为现代化的先导性要素。

《肥皂》以一块肥皂作为小道具，描写清末变法运动时期的开明派逐渐被时代淘汰，到了五四时期不仅在经济上走向式微，在思想上也趋向保守。除此之外，小说也呈现了一个朴素的中产阶级中年夫妇的家庭生活状态，其间隐约漂游着些许性的色彩，构成了作品的多重意味。在叙事形式上，《肥皂》与《祝福》及《在酒楼上》有所不同，其主人公并非第一人称叙事者，而是一个第三人称的被叙事者。四铭虽没有归乡，但却于夜里独自一人"踱出院子去"，"来回的踱"。在这个意义上，《肥皂》中的四铭也是一个"彷徨"的主人公。

《伤逝》：遇挫的自由恋爱

《伤逝》末尾署："一九二五年十月二十一日毕"，作品未经报纸杂志发表,直接收入《彷徨》,《鲁迅日记》中也没有任何记载。《伤逝》是一个年轻男人的手记,描写"他"(涓生)向"她"(子君)求爱。两个年轻人不顾父母的反对以及他人的好奇,毅然开始了同居生活。但到了最后,由于生活艰辛以及男性的心态发生变化,两人的爱情终于夭折。这是一个悲剧故事。受到自由恋爱、男女平等这一思想新潮的吸引和激励,一对青年男女毅然决然地结合在一起,但很快遭遇到经济上的挫折,涓生首先产生了动摇,并向子君坦白自己的爱情已经冷却。于是子君被父亲领走,再后来传来消息,子君已经离开人世……

围绕着《伤逝》,研究者们提出了各种各样的看法。有人认为作品批判了中国社会的保守和传统,谴责了社会对年轻人勇敢实践自由恋爱行为的扼杀;也有人提出小说的主题在于批判涓生的轻薄以及敷衍的反省;还有人认为小说是鲁迅三兄弟私生活的告白,涉及鲁迅及小弟周建人婚姻的挫折、鲁迅周作人兄弟的失和,等等。例如有日本学者就指出了鲁迅的小说《伤逝》与周作人的随笔《伤逝》的关联:在鲁迅完成《伤逝》创作的九天前,周作人在《京报副刊》上发表了一篇随笔,题目就叫《伤逝》。随笔的内容是翻译和介绍古罗马诗人卡图卢斯悼念弟弟的诗,另外还介绍了比亚兹莱的

插图画。(清水贤一郎《另一个〈伤逝〉——关于周作人佚文的发现》,『しにか』1993年5月号)

浙江师范大学学者曹喜修撰文考察《伤逝》的叙事结构时指出,鲁迅曾说"这一篇的结构,其中的层次,是在一年半前就想好了的",以此为线索,可以看到《伤逝》有三层结构。第一层,是涓生和子君的恋爱婚姻共同体与传统社会的对立结构,两人试图否定传统社会,但却反被传统社会所否定,子君付出了生命的代价,涓生的心灵也留下深重的创伤。主人公以外的出场人物均无姓名,他们都是传统社会的代言人。

第二层结构则是恋爱婚姻共同体内部涓生与子君双方的对立,子君受到涓生的启蒙,宣称"我是我自己的,他们谁也没有干涉我的权利!"然而,恰如阿Q对革命的无知一样,子君并没有真正懂得自我的意义,与涓生同居后她完全失去了自我。

第三层结构呈现了涓生其实是一个逃避忏悔的忏悔者,小说所表现的并非涓生对子君的哀悼,而是小说读者对涓生灵魂死灭的哀悼。曹喜修指出,在小说的题目上,鲁迅使用的不是通常悼念妻子所用的"悼亡"一词,而是悼念朋友才用的"伤逝"。另外,小说正文虽是涓生以第一人称叙事,但小说的副题"涓生的手记"用的却是第三人称。作者通过这一方式,赋予读者以裁判者的立场,读者可以去评判对子君的死负有直接责任的涓生之"忏悔"是否真实真诚,也可以从友人的立场去哀悼涓生魂灵的自我死灭。归根结底,在回避真实,未能正视自我的罪孽这一点上,涓生与阿Q并无二致,"涓生灵魂悲剧的实质是一个思想启蒙者的悲剧。对于启蒙者来说,最艰难的工作往往不是启蒙别人,而是自我解剖自我反省"。(《论〈伤逝〉的结构层次及其叙事策略》,《学术月刊》2005年1月)

显克微支的影响

在《祝福》和《在酒楼上》两篇作品中,叙事者"我"都为辛亥革命的不彻底而失望,更为闭塞阴暗的社会现实而绝望,他们孤独而脆弱。尽管涓生比"我"年轻一代,但作为子君的启蒙者和未婚夫,他并没有正视自己犯下的过错,而将在孤独和软弱中走向中年。

不过,鲁迅对涓生亲手制造了爱情悲剧而又背负罪孽苟且偷生的做法,并非只有批判和谴责。在小说里,涓生曾三次想起恋人的死,也三次自问自答"哪里去呢?"思考自己的归宿。涓生的诘问令人想起《你往何处去》中彼得三次否认与耶稣的关系最终以死殉教的结局。前面提过,留日时期显克微支（波兰作家、诺贝尔文学奖获得者）的代表作《你往何处去》（1896年）曾影响到鲁迅。此外，在创作《伤逝》的前后三年中，鲁迅还参加过一些相关的文学活动。比如在讲演《娜拉走后怎样》（1923年12月）中，鲁迅讲到过那个因诅咒耶稣而背负罪孽永世"流浪的犹太人"阿哈斯瓦尔；《父亲的病》（1926年10月执笔）也描写过背叛亲人的罪恶感。

六、"赎罪"哲学的求索

诗剧《过客》的创作

20世纪20年代中期,鲁迅根据"流浪的犹太人"的传说创作了流浪主题的诗剧《过客》,还翻译了日本诗人伊东干夫的诗歌《我独自行走》。《风筝》也自剖昔日无视小弟弟的天真玩耍,是他探索负罪和赎罪主题的另一代表作。或许可以推测,正是因为有了《你往何处去》,才有了《过客》的赎罪哲学——自己身负罪过故必须去赎罪,如流浪的犹太人一般永无安息地漂泊行走。鲁迅的一系列文学探求,记录了他在探寻赎罪哲学过程中的精神纠葛。

鲁迅在《我怎么做起小说来》(1933年)一文中说过,在日本留学的时候,喜欢读夏目漱石和森鸥外的作品。关于《伤逝》和《舞姬》之间是否存在影响关系,是一个饶有兴味的话题(杉野元子《悔恨与悲哀的手记:鲁迅〈伤逝〉与森鸥外〈舞姬〉》,《比较文学》1994年3月)。不过,《舞姬》

的主人公丰太郎是在回国的客船上,于中途停泊地西贡(今胡志明市)写下的这篇手记。对他来说,那一刻还可以选择掉头回到德国与爱丽丝重逢(西成彦《世界文学中的〈舞姬〉》,美篶书房,2009年);《伤逝》中的涓生却完全不同,正如他自己所说,除非去地狱,否则他再也不可能见到被自己抛弃的恋人。

《伤逝》中男女主人公共同度过同居生活的吉兆胡同,是一条真实存在的小胡同,位于北京朝阳门北小街以东,与东四北大街平行。在"女师大事件"中,鲁迅曾在《"公理"的把戏》(1925年,《华盖集》)等文章中与陈源、丁西林、高一涵等现代评论派的北大教授们进行过论战,这些教授们便曾住在这条胡同里。

"女师大事件"与"三一八惨案"

1925年,北京的国立大学相继发生了校园动乱。起因在于国家政局混乱,当局频频拖欠教育经费,极大阻碍了学校秩序的正常运转。其中比较有名的就是"女师大事件"。"女师大"即1924年由北京女子高等师范学校改组而成的北京女子师范大学。1924年女师大新任女校长杨荫榆与学生之间发生严重矛盾,校方开除了六名学生。在学校当局和学生方面的对立冲突中，时任女师大兼任讲师的鲁迅以及周作人等坚决支持学生，与校长以及教育部产生了尖锐对立。为此，北洋政府教育总长曾一度罢免鲁迅在教育部的职务。这一事件最后以女师大校长和教育总长双双辞职而告终。

女师大校长杨荫榆是一位女教育家。她曾先后在东京女子高等师范学校（现御茶水女子大学）以及美国哥伦比亚大学研究生院留学。她认为,建设民族国家需要"贤妻良母主义"。这种女子教育观与五四时期以娜拉为理想的北京女大学生们格格不入，遭到强烈反对。"女师大事件"不仅在政界和教育界引发很大反响，在文化界也引起了一场激烈论争。现代评论派的陈源等人就曾批评女师大学生以及鲁迅。一般认为这一事件的发生与国民革命形势也有关联。

1926年3月，北京的青年学生和市民举行示威游行，呼吁政府坚决抵制日本政府对中国内政的干涉，结果导致政府军队在国务院前向游行队伍开枪，造成47人死伤，史称"三一八惨案"。死者当中包括两名鲁迅的学生，鲁迅旋即撰写《无花的蔷薇之二》《记念刘和珍君》等文章，对政府以及中伤学生的现代评论派进行了尖锐批判。不久，鲁迅的名字被列入军阀政府五十多人的通缉名单。无奈鲁迅只好藏身于日本人和德国人经营的医院。

鲁迅的避难生活于5月份结束，但他并没有回到教育部，而是接受了厦门大学文学院任期两年的教授聘职，离开北京奔赴厦门，为长达十五年的公务员生活画上了句号。这时，鲁迅已与自己教过的学生，也就是"女师大事件"中的学生领袖许广平（1898—1968）建立起了恋爱关系。

第五章
恋爱、电影及绯闻
——上海时期（上）

鲁迅一家。右为许广平，中为周海婴

第五章 恋爱、电影及绯闻——上海时期(上)

一、北伐战争与辗转厦门、广州

"四一二"反革命政变

国民党领袖孙文积极推进与共产党的合作。1924年1月,在苏联的支持下,正式决定与共产党开展合作,同时制定了联俄、联共、扶助农工的三大政策,明确提出反对帝国主义、反对军阀,倡导拯救中国的新三民主义。尽管这位"革命之父"于一年后病逝,但1926年7月,十万国民革命军从革命根据地广州出发北上,以"打倒军阀,统一中国"为目标的北伐战争正式开始。仅半年多时间里,北伐军就相继占领了武汉、南京和上海等地。

不料1927年4月,北伐军总司令蒋介石(1887—1975)在上海发动"四一二"反革命政变,导致国共分裂,北伐战争也一时中止。半年后,在蒋介石的统帅下,北伐战争继续进行;6月,北伐军占领北京;1928年末,东北军阀张学良(在由北京撤往奉天途中遭日军炸弹伏击身亡的张作霖之子)及其支配下的整个东北地区归顺国民党政府。至此,自辛亥革命以来一直处于四分五裂状态的中国终于获得统一。就在前一年,张作霖为配合蒋介石的反革命政变,逮捕并杀害了自由派报纸《京报》的主编、共产党人李大钊。

逃离北京前往厦门

1926年8月26日,鲁迅和许广平一道逃离充满白色恐怖的北京。他们乘火车南下,经天津、南京到达上海。接着,两人又于9月初离开上海继续南下。9月4日,鲁迅抵达厦门,厦门大学中文系主任林语堂教授(1895—1976)亲自迎接。厦门大学1920年由新加坡华侨陈嘉庚(1874—1961)出资建立,当时校方正在全力建设明媚的滨海校区,同时竭诚延揽北京方面的文化人前来中文系任教。不过最初,许广平并未随鲁迅来厦门,而是去了广州,到广东省立女子师范学校任教。

在厦门大学,鲁迅教授古典文学研究课。教学之余,他

《两地书》封面

会每周给许广平写信,表达思念之情。当时从厦门到广州每周仅有一班邮船,鲁迅便按照邮船出行的日程寄信。两人这一时期的往来书信既充满了甜蜜而苦闷的情调,也透露着两人对国民革命的期待和憧憬。这批书信,便是后来出版的《两地书》(1933年)第二集。然而,心爱的人毕竟远在异地,鲁迅深感寂寞,于是便接受了中山大学的聘请,离开刚刚任教四个半月的厦门大学,于1927年1月16日启程前往革命之都广州。在那里,许广平正等待着他。

二、免遭查禁的《两地书》

《两地书》：爱的往来书简

《两地书》，意为来往于两地之间的书信。鲁迅和许广平曾有三次分居两地的经历，与此相应，《两地书》也就有了三集。第一集的"两地"，是北京城内的两地，即位于西城西三条的鲁迅家和地处宣武门内石驸马大街的北京女子师范大学宿舍。"两地"之间的直线距离为两公里，其间的往来书信有35封。

第二集的"两地"为福建厦门和广东广州。1926年9月到1927年1月，不到五个月的时间里，在厦门和广州这两个海路距离为700公里的港口城市之间，居然有多达78封的情书穿梭往来。第三集的"两地"则是北京和上海。当时鲁迅前往北京探望母亲，许广平因身怀六甲而留在上海家中。这段时间在1929年5、6月间，时间跨度为两个星期；以铁路计算，北京、上海两地的距离为1500公里，这期间的书信也有22封。三集《两地书》恰好对应着鲁迅和许广平的师生关系、恋人关系、夫妻关系的三个阶段。

相识女师大课堂

《两地书》的第一集，鲁迅正是44岁的壮年，身为教育部高级官员，行政管理工作之余从事小说创作，已有小说集《呐喊》问世，截至1924年5月合计印刷三次，发行7500册，在当时的中国完全可以称得上是畅销书了。除此之外，作为中国小说史研究的第一人，鲁迅还兼任北京大学、北京师范大学、北京女子师范大学国文系的讲师，成为集政府官员、作家、学者于一身的名人。此外，鲁迅已与朱安完婚，尽管这是按照旧式习俗由母亲一手定下并操办的婚事。

另一边的许广平当时仅有27岁。出生于广东一个士大夫家庭的许广平，虽是女孩却从小就在为哥哥弟弟准备的私塾里读书。父亲去世后她推掉了父亲生前为她定下的亲事，在哥哥的帮助下赴天津读书。先是在天津女子师范学校学习，毕业后的第二年即1923年，又考入北京女子高等师范学校（1924年5月1日改名为北京女子师范大学）。鲁迅则从同年10月开始在女师大授课。

1925年3月11日，许广平给鲁迅写了第一封信："现在写信给你的,是一个受了你快要两年的教训,是每星期翘盼着听讲《小说史略》的,是当你授课时每每忘形地直率地凭其相同的刚决的言语,好发言的一个小学生。"可以想象,鲁迅读了这封信,应该马上就能想到这是坐在教室哪个位置的学生吧。

在信里,许广平感叹教育界气氛沉闷,称自己是"刚率"之人,但先生比自己"更刚率十二万分",希望先生"不以时地为限,加以指示教导"。总之许广平的第一封信并没有什么特别的内容。有趣的是,鲁迅写给这位粉丝学生的回信,竟然比来信长出一倍多。鲁迅在信里耐心细致地讲述了自己的人生观。我不太清楚这到底是出于教师的热情和责任感,还是被女学生的积极热情激励,一气写出了这封长信。

从此,仅仅相隔两公里的两个人,平均每三天便寄出或是接到一封信,这些信的长度多在2600—4400字,按400字一页的稿纸换算,足有六页半到十一页之多。这些往来书信,有时谈论鲁迅的创作与翻译,有时援引《论语》或其他古典,看上去典雅而充满艺术性。翻开《两地书》原信影印本《两地书真迹(原信 书稿)》(上海古籍出版社,1996年),两人的书信便笺上几乎没有任何改动的痕迹。看来两人写信的时候,应该是先打好草稿然后再誊写的。这样一来,两人每写一封信大概都得花上半天的时间吧。

"女师大事件"中的风雨同舟

就在鲁迅和许广平开始互通书信这一时期,北京女子师范大学的女校长杨荫榆在学校大力推行贤妻良母主义教育,出台了禁止剪发、强化门禁时间管理等措施,引起学生会干事们的不满和批判。为此,1925年5月9日,校方宣布予以六名学生勒令退学的处分。在处分布告中,校长称这些学生为"害群之马"。许广平也是六名受处分的学生之一,于是后来"害马"就成了许广平的笔名。在此次"女师大事件"中,鲁迅始终站在学生会干事这边。同年8月,教育部公然决定解散北京女子师范大学,并试图驱逐30名反对学校决定并坚守校园的学生。面对校方的这些行径,鲁迅及其他支持学生的教师与学生一道成立了校务维持会,向教育部和校方抗议,并建立临时校舍继续维持女师大的存在。在十一月政变①之后,学生们终于胜利返回原校舍,女师大风潮以学生的胜利而告终。

截至1925年8月,《两地书》第一集的通信基本结束。

---

①指1925年11月北京爆发以推翻段祺瑞执政府、建立国民政府为目的的首都革命。

次年1月,易培基[①]任新教育总长兼女师大新校长。在欢迎大会上,鲁迅和许广平还分别代表校务维持会及学生会致辞。总之,在这一阶段,鲁迅和许广平经常一起行动,已经不再需要通过写信相互联系。到了1925年10月,两人的恋爱关系确定。《两地书》第一集的通信结束后,许广平开始在鲁迅主编的《莽原》杂志上撰写并发表文章。

政治与恋爱的季节

1922年,整个中国所有大学的在校女大学生仅有区区665人,占大学生总数的2%。根据1919年的统计,北京集中了全国最多的高等教育机构,其中国立学校19所、私立学校6所,学生人数达到13000,占全国大学生及专门学校学生总数的四成多,北京成为中国最大的学生之都。不过女学生的人数超不过500。

对于五四时期的青年们来说,建设民族国家和建立以自由恋爱为前提的核心家庭制度是两个同等重要的主题。那是一个政治的季节,也是一个恋爱的季节。相对于12000多名

[①]易培基(1880—1937),政治家、文艺家、教育家。早年留日,加入同盟会,参加武昌起义。曾任湖南第一师范学校校长、北洋政府教育总长、故宫博物院院长、中华民国农矿部部长等。

男学生，女学生仅有区区500人，但她们幸运地摆脱了诸如缠足等传统习俗的压迫，在身体上获得了自由，在精神上则通过读书接受了欧美和日本的近代价值观，同时还具备了言说这一切的能力。而北京男女学生比例的极端失衡，更进一步增强了女学生的优势，使男学生的恋爱竞争更加激烈。许广平拒绝旧式婚姻，走出家乡广州，已然是一个富有知性和行动力的新式女性。旧式婚姻通常无论男女结婚的年龄都很小，在这个意义上，27岁的许广平的确算得上是一位与旧式婚姻无缘的时髦女性。

这样一位女性，要和比自己年长近一轮的已婚男性恋爱同居，通常会招致社会的非难。除了不正常的师生关系、重婚通奸（《中华民国刑法》第17章通奸罪，见本书146—149页）等理由以外，那些追求恋爱自由的青年男子们也不免反应强烈。想必鲁迅早已意识到了这一点，因此正如《两地书》第二集第112封信所写到的，当鲁迅听到有人说青年作家高长虹（1898—1949）妒忌并恶意攻击他和许广平的关系时，才会毫不犹疑地立即相信。

"被创作"的《两地书》

鲁迅在《两地书》序言里交代，书在出版之际，信中的人名有几个是改过了的。的确,鲁迅在编辑出版《两地书》时,其实对原信做过不少修正加工。关于《两地书》,现在已有多种公开出版的版本,如《鲁迅手稿全集(书信)》全八册(文物出版社,1979—1980年)以及从该全集中抽出书信部分出版的《鲁迅致许广平书简》(鲁迅博物馆鲁迅研究室编,河北人民出版社,1979年)、引用了部分许广平原信的王得后著《〈两地书〉研究》(天津人民出版社,1982年)、原信铅字版《鲁迅景宋通信集:〈两地书〉的原信》(湖南人民出版社,1984年),更有《两地书真迹(原信 手稿)》(上海古籍出版社,1996年)影印了《两地书》原信以及鲁迅在刊行《两地书》时编辑加工的誊写稿。

关于鲁迅如何加工原信,如何"创作"《两地书》的问题,日本学者中岛长文在其承担的日文版《鲁迅全集》(学习研究社,1984—1986年)《两地书》卷的译注部分进行了详细说明。总之,可以得出这样的结论,《两地书》出版的背后,是鲁迅和许广平的缜密筹划与安排,目的在于反击一些人对二人恋爱同居的"侮辱嘲笑"。

情书的经济效应

"经济"问题也是鲁迅出版《两地书》的一个原因。在当

第五章 恋爱、电影及绯闻——上海时期(上)

时的上海,要维持一个标准的中产阶级家庭生活,家庭收入自然需要达到一定水准。1927年10月,国民政府在南京设立了国家最高学术研究机关——中央大学院(即后来的中央研究院),由蔡元培担任院长。不久,蔡元培任命了大学院首批特约著作员,鲁迅也在其中。于是从1927年12月开始,鲁迅每个月可以得到300元"补助费"。不过这笔收入只持续了五年。

因为有"大文学家鲁迅的情书"这个卖点,1933年4月刊行的《两地书》出版两个月以后便开始加印,到1937年3月共计印刷了5次。笔者曾统计过《鲁迅日记》中记录的检印纸①数量,发现从《两地书》出版到1934年6月6日的一年中,《鲁迅日记》有九次提及印纸的数量,合计达到7500张。另外报纸杂志上也有不少有关《两地书》的书评和介绍。曾负责给鲁迅家缴纳水电费和房租的内山书店会计镰仓寿(1899—1975),在回忆中曾经讲到过《两地书》。

因为情书卖得好赚了钱,鲁迅先生给我们发来请帖,邀请我们吃饭。那是他和广平夫人之间的往来书信《两地书》出版(1933年4月发行)的时候。场所就在鲁迅

---

①检印纸,即著作权人在每本书上盖印,或者贴上盖了印的印纸,是对于出版的认可,出版社则按着检印数(相当于发行数量)付版税。

府上(大陆新村),受邀的客人有内山夫妇和我们一家(我们夫妇以及三个孩子),另外还有鲁迅先生的三弟周建人先生。大家围着广平夫人亲手做的一桌菜肴,度过了一个愉快的夜晚。当时鲁迅先生的公子海婴四岁大,正好和我家的小女儿同岁。

从厦门到广州

自《两地书》出版后的 1933 年 5 月开始,政府加强了对报纸的审查,鲁迅的杂文经常被禁止发表。1934 年 2 月,《二心集》被禁,1935 年 3 月,又有《而已集》《三闲集》《伪自由书》等四本杂文集以及七本译著被禁。《两地书》运气稍好,属于为数不多未遭查禁的一本。

英国苏格兰爱丁堡大学教授杜博妮(Bonnie S. McDougall)著有《情书与现代中国的隐私:鲁迅与许广平的私人生活》(*Love-Letters and Privacy in Modern China: The Intimate Lives of Lu Xun and Xu Guangping*,2002 年)一书。在这本书里,作者通过当时许广平创作的散文诗,详细考察了鲁迅对两人往来书信进行增补、修订进而编辑《两地书》的过程。杜博妮认为,鲁迅和许广平于 1925 年夏或初秋建立了恋人关系,但因为自己的母亲和妻子都在北京,所以打算离开北京南下上海或广州与许广平共同生活。但因为有厦门大学的聘约，所以先去了厦门。

厦门岛是鸦片战争后依据中英《南京条约》开放的五个通商口岸之一。1902年，厦门西南的小岛鼓浪屿设立了公共租界，由欧美国家及日本共同管辖，居住在小岛上的外国人多达2000名。鼓浪屿原为孤岛，1856年鹰夏铁路及宽19米、长2200米的海堤建成后，小岛与大陆连接在了一起。鲁迅赴任厦门的时候，厦门的人口不过11.7万。对曾长期在东京和北京生活、早已习惯城市文化的鲁迅来说，厦门这个既没有铁路也没有有轨电车的小城市大概并不算什么宜居之地。回想起来，早在20年前，鲁迅留学生活的仙台正好和厦门很相似，但鲁迅在那里仅仅生活了一年半便撤回了东京。这样看来，或许鲁迅在性格上更适合都市生活也未可知。

不久，鲁迅离开厦门来到广东省省会广州。根据1928年的统计，广州当时的人口有81万，在全国排名第五，仅次于上海、天津、北京、汉口，是华南地区最大的城市。广州的城墙早在1920年以前便被拆除，15米宽的公路交通网正在修建中，有轨电车也从1919年起相继开通。这座城市自古以南海贸易而繁荣，1862年设立了英法租界。

1927年1月18日，鲁迅经香港到达广州，受到人们的热烈欢迎。3月,他和许广平搬进新建的白云楼公寓,并且住在同一个单元,这时的许广平已经成为中山大学的助教。此时的广州革命热火朝天,男女青年从全国各地络绎不绝地来到这里,从军参加北伐,与此同时自由恋爱也空前流行。

辞教职抗议险恶政局

但没过多久,鲁迅便敏锐地意识到广州已成为一座为"军人和商人"所支配的城市。他在杂文中告诫人们,尽管北伐革命军用巨大牺牲换来一路进击的接连胜利,整个广州也笼罩在胜利的喜悦中,但危机也在酝酿,或将来临。很快,鲁迅的预感便成为反革命政变的现实,很多学生或被逮捕或遭杀害,而鲁迅也只能用辞去中山大学职务的举动来表达自己的抗议。在广州夏季学术演讲会上,鲁迅应邀以《魏晋风度及文章与药及酒之关系》为题进行演讲,他汪洋恣肆上下纵横,谈论魏晋社会。鲁迅说,曹操以不孝的罪名杀掉孔融,但他自己也绝非孝子,礼教仅仅是曹操的借

广州白云楼,鲁迅与许广平的居所

口而已，借此暗讽国民党以革命的名义残害左翼青年，哀叹文学家在独裁体制下的不幸命运。

从广州到上海

1927年9月27日，鲁迅与许广平悄悄登上汽船离开广州，10月3日抵达上海，真正开始了二人的同居生活。1929年9月，他们的儿子降生，鲁迅为孩子起名"海婴"，意思是"在上海诞生的婴儿"。

鲁迅一家

上海时期的许广平既是鲁迅的爱人，也是鲁迅的秘书。她致力鲁迅著作的整理出版，撰写鲁迅回忆录，为文豪鲁迅形象的建构和普及做出了巨大贡献。1938年8月出版的《鲁迅全集》20卷便是她一系列工作的成果之一。1941年12月8日，太平洋战争爆发，日本军队接收了上海租界。一周后的一个早晨，日本宪兵队闯入许广平家，没收了鲁迅的日记和书信，并强行将许广平带到宪兵队本部。所幸两个月之后，许广平被释放回家，没收的物品归还，但独独少了鲁迅1922

年的日记,以致《鲁迅全集》日记部分的1922年至今还是空白。第二次世界大战结束后不久,许广平出版了回忆录《遭难前后》[①](日译本译者安藤彦太郎,岩波书店出版时将标题改为《暗い夜の記録》),记述了那段惨痛经历。

二战后的许广平

二战结束后国共陷入内战,1948年10月,应共产党邀请,许广平由上海经香港秘密进入东北地区。新中国成立之交,许当选全国民主妇女联合会准备委员、中国人民政治协商会议委员、中国文学艺术联合会委员等。新中国成立后,作为上述团体的代表,许广平出访苏联、欧洲。1961年3月访问日本,在仙台参加了鲁迅纪念碑的揭幕仪式。"文革"中的1968年2月,江青一伙从鲁迅博物馆拿走了鲁迅书信手稿以及《答徐懋庸并抗日统一战线问题》一文的原稿,许广平为此事焦虑奔走,于3月3日心脏病突发去世。

---

① 1941年太平洋战争爆发后,日军开进上海租界。1941年12月15日晨,日本宪兵队冲进位于上海霞飞路霞飞坊的许广平家中,拿走一批书刊,并将许广平带到宪兵队审问,后关进监狱达两月有余。出狱后,许广平以"景宋"的笔名写出回忆录《遭难前后》,记述了76天牢狱生活中的种种遭遇。回忆录先于上海《民主》杂志连载,1947年由上海出版公司出版单行本。后由安藤彦太郎译为日文,于1955年由岩波书店出版。

三、共和国的发展与老上海的繁荣

民国时期的快速发展

北伐战争开始后,各派军阀纷纷投靠国民党,以图保存实力,但后来又伺机而动,再三掀起反蒋战争。生死存亡关头的共产党以毛泽东、朱德(1886—1976)率领的红军为核心,在江西农村建立了革命根据地,1931年11月以瑞金为首都,成立了中华苏维埃共和国。

在应付各种反对势力的同时,国民党统治下的中华民国进入了快速发展时期。蒋介石把这一时期称为训政期,即由军政向宪政的转变时期,他在进一步强化国民党一党独裁体制的同时,修建公路,发展电信邮政制度,建立并完善现代统一币制,成功实现了中央集权和国内市场的统一。北伐后的约十年间,中国的铁路总里程由13147公里增加到21761公里,旅客运送量由2663(百万人/公里)上升到4349(百万人/公里)。具体来说,假设1912年的旅客运送量为100,

1927年则为164,1936年更增加到268,年平均增长率为北伐统一全国之前的三倍。

教育普及的显著进步

教育普及方面也取得了显著进步。如小学就学率,在1919年仅为11%,1929年也不过17.1%,但到了1935年已经大幅度提高到30.7%。近代日本在明治维新八年后的1875年,就学率达到35.43%,到1909年终于提高到了98%,但这时距明治维新已有整整42年。如此看来,中华民国统一后在教育普及方面的发展速度毫不逊于日本。与此同时,学校入学人数也大幅度增加。通过下面的表格可以看到,从1929年到1936年的7年间,初等教育的学生人数增加了一倍多,中等教育增加了近两倍,高等教育也增加了近一倍。学生数量大幅度增加的结果之一,便是进一步扩大了报刊以及文学作品的读者层。

学生与学校数量的急速增加

	初等教育		中等教育(含师范及职业学校)		高等教育	
	学校数	学生数	学校数	学生数	学校数	学生数
1929年	212385	8882077	1339	234811	74	25198
1936年	320080	18364956	3264	627246	108	41922

(多贺秋五郎《近代中国教育史资料·民国篇(中)》,日本学术振兴会,1974年)

这一时期，上海的高等学校数量也大幅度增加，实现了与五四时期以文化城市闻名于世的北京并驾齐驱。以大学和专门学校在校生而言，北京为11767人，而上海则达到12952人，比北京多出1000余人（1931年统计，前引J.H.科尔著述）。在报纸发行量方面，上海的两大报纸《申报》与《新闻报》分别由1921年的4.5万份和5万份上升到1926年的14万份，增加了两倍，后者更在1935年创出了15万份的新纪录。

繁荣的顶峰

经过北伐战争，国民党虽然在形式上统一了全国，但实际上真正控制的仅有江苏和浙江两省，国家的大部分财政收入需要依赖上海，来自上海金融界的各类贷款以及公债认购都是政府财政必不可少的重要支撑。1928年6月，中华民国首都由北京迁往南京，上海更借毗邻新首都之利，迈向繁荣的顶峰。

上海公共租界的最高行政机构是上海公共租界工部局，相当于设在租界内的政府。工部局董事通常由高额纳税者选举产生。尽管租界税收的55%来自中国人，但工部局董事却一直全部由外国人担任。1927年11月，作为上海第一个地方自治议事机构的上海特别市参事会成立,致力恢复和推行上海的地方自治,中国纳税人也展开了参政权运动。于是,1928年工部局在九名董事之外增设了三个华人董事席位。曾以"华人与狗不得入内"的规定而臭名昭著的公共租界及法租界的公园也开始向中国人开放。两年后,工部局华董名额又由三名增加到了五名。

19世纪中叶,欧美势力率先进入上海,19世纪末期日本也在上海登场。20年代末期,经北伐战争实现统一的中国也终于登上了历史舞台。这使得上海在政治、经济、文化等诸领域都呈现出十分活跃的局面。直到今天依然在广泛流行的"摩登都市""魔都"等特定语汇便是在这个历史时期形成的。而本书的主人公鲁迅,其出生绍兴、由南京开启的东京、北京、厦门、广州、香港这一串东亚都市遍历,也在20世纪30年代的上海迎来了最终一幕。

四、文化市场的高速成长

成为文化中心的上海

20世纪30年代的鲁迅,无疑是一位作品经常遭国民党政府查禁的反体制作家。但与此同时,他和许广平有了自己的孩子,一家人住在郊外漂亮的公寓里,每周都会乘坐包租的小汽车去市中心观看好莱坞电影。"反体制作家"鲁迅的生活形态显示,在20世纪30年代的上海,近代市民社会已经开始形成。年轻读者的大量出现、新闻出版的发达、新剧的成熟以及电影的不断革新,推动上海成为一个大型的文化中心。于是,鲁迅,以及其他领域的文化"生产者"(作家、翻译家、批评家、编辑、记者、电影人和其他艺术家)都纷纷从全国各地集结到上海。

通奸流言催生的悲剧

由于报纸发行量剧增,上海这座城市也迎来了大众文化的萌芽期。为了争取更多的读者,各家报纸展开相互竞争。这些报纸不仅关注一般的社会文化新闻,还会报道那些具有娱乐性刺激性的消息。鲁迅的私生活也理所当然地成为新闻媒体关注的对象。例如国民党方面的报纸就曾攻击鲁迅把妻子朱安留在北京的母亲那里,自己却跑到上海去和比自己小十七岁的学生同居。国民政府曾在1935年公布《刑法》,其中第17章"妨碍婚姻及家庭罪"第239条规定,"有配偶而与他人通奸者,处一年以下有期徒刑,通奸对方同罪"。也就是说,按照这一法律规定,鲁迅和许广平有可能被视为罪犯。

而在现实生活中,中国著名的无声电影女王阮玲玉(1910—1935),就是因为忍受不了"通奸"流言的压力,最终走上了自杀的绝路。阮玲玉的母亲出生于广东,本在一张姓大户人家做女佣,其女阮玲玉与张家四少爷张达民同居,后受到虐待并退学走上从影之路。阮玲玉成功饰演了饱受性别歧视但却勇敢选择职业女性人生的角色,受到青年知识阶层的热烈欢迎,一跃成为当红人气演员。当时,上海最大的百货公司永安公司的男性职员每月工资仅有50元,而阮玲玉出道仅四年年收入便已达到一万元,甚至还有配备专用司机的私家轿车,过上了上流社会的富贵生活。但其夫沉迷赌博债务缠身,阮玲玉深恶痛绝,与其分居进而离婚,后与一位广东茶叶富商同居,不料前夫以妨害家庭罪和通奸罪将阮玲玉告上法庭,新闻媒体也对此大肆渲染。最终,在法庭开庭审理的前夜,阮玲玉服用安眠药自杀。她在遗书中哀叹道:

> 可是他恩将仇报,以冤[怨]来报德,更加以外界不明,还以为我对他不住。唉,那有什么法子想呢!想了又想,惟有以一死了之罢。唉,我一死何足惜,不过,还是怕人言可畏,人言可畏罢了。

媒体的消费对象

"人言可畏"一语出自《诗经》。阮玲玉自杀后,鲁迅写了杂文《论人言可畏》。他认为,世间的两种意见——第一,阮玲玉的自杀与报纸的报道有关;第二,正像报纸记者辩白的那样,阮玲玉的死与新闻记者毫无关系——都可以算是实话。但鲁迅又进一步指出,报纸报道女性时往往极尽渲染和夸张,这就变成了对阮玲玉这样的弱女子的痛苦折磨。当然,阮玲玉原本想通过律师和在报纸上做广告的方式处理这件事,毕竟她与一般的"弱女子"有所不同。其实鲁迅这种少有的稳健笔触正显露出他自身的困惑。他摆脱了传统婚姻,也实践了自由恋爱这一民族国家和近代文学的紧要课题,但他也因此成为媒体的消费对象。

不过鲁迅很清楚,演员及作家这种职业需要经常利用广告以及评论来动员观众和读者,因此很难脱离新闻媒体的支撑。自己的著作接连被禁时,他也曾靠着《两地书》的版税度日,他自称那是"卖情书"。总之,这一时期上海的文化人已经直面这一大众文化的现实,即在媒体社会里,政治性言说、文学和电影,乃至俗世的传言绯闻,都变成了一种"平等"的信息而被观众和读者所消费。

积极介绍外国美术

鲁迅自幼年开始一直关心和喜欢美术,上海时期他的身边有内山书店,可以便捷地获得日本以及欧美的美术书籍,于是他开始进行一系列美术翻译、复刻和评论活动。他曾翻译日本板垣鹰穗[①]的《近代美术思潮论》,向读者介绍正统的西洋美术史。鲁迅历来关注大众传媒与美术的联系,尤其喜欢书籍装帧和报刊插图。为此他特意翻印了英国世纪末画家奥伯利·比亚兹莱以及日本少女杂志插图画家蕗谷虹儿(1898—1979)的画集。蕗谷虹儿既是少女杂志插图画家又是诗人,

---

①板垣鹰穗(1894—1966),美术评论家,历任明治大学、早稻田大学、东京写真大学教授。

驰名于大正及昭和时代。鲁迅高度评价蕗谷虹儿作品的幽婉和纯粹，并以蕗谷诗画集为底本，翻译出版了集画作与诗作于一册的《蕗谷虹儿画选》。下面就是鲁迅翻译的《坦波林之歌》。

坦波林之歌
鲁迅译

敲起来罢 坦波林

还是还是 春天呀……

跳舞的 跳舞儿

还是还是 春天呀

抛掉了的 坦波林

怎么一下 踏破了……

跳舞的 跳舞儿

怎么一下 踏破了……

破掉罢 坦波林

泪珠儿的 跳舞呀……

抛掉了的 坦波林

泪珠儿的 跳舞呀……

拾起来罢 坦波林

还是还是 春天呀……

跳舞的 跳舞儿

还是还是 春天呀……

热心从事版画运动

鲁迅还十分关注木版艺术的普及和大众化。他提出，版画制作成本低廉，制作一张版木，便可印刷100张以上的版画，只要聚焦民众和现实，辅以出色的技术表现，版画就可以成为有力的革命武器。1931年8月，日本成城学园美术教师、内山完造的弟弟内山嘉吉利用暑假来上海看望兄长，鲁迅便利用这个机会邀请他为上海的艺术青年开办木刻讲习会。后来鲁迅还组织了一系列有关版画的活动，包括在内山完造的协助下举办外国版画展览会，策划出版了包括德国凯绥·珂勒惠支及苏联艺术家在内的多种外国"普罗"版画集，成为复兴现代中国版画第一人。

鲁迅曾热心收集日本有关版画艺术的杂志，如日本版画家料治朝鸣（熊太）主编的月刊《白与黑》以及《版艺术》等刊物，前者每期夹有手印版画活页，后者则是一般的机械印刷。鲁迅对杂志同人谷中安规的评价也很高。

热衷好莱坞电影

除了从事版画运动以外，稍后的第六章将会介绍，鲁迅曾翻译日本普罗电影运动理论家岩崎昶的论文《作为宣传、煽动手段的电影》，对国民党独裁体制进行了批判。不过仅就电影而言，鲁迅似乎只关注美国好莱坞的电影。尽管当时以上海为中心的国产电影正迎来中国电影史上的第一个黄金时期，但在鲁迅这一时期的日记中，几乎看不到任何有关中国电影的记录。鲁迅曾在《申报·自由谈》发表过杂文《电影的教训》，谈到自己在上海时期的电影体验：

> 但到我在上海看电影的时候，却早是成为"下等华人"的了，看楼上坐着白人和阔人，楼下排着中等和下等的"华胄"，银幕上现出白色兵们打仗，白色老爷发财，白色小姐结婚，白色英雄探险，令看客佩服，羡慕，恐怖，自己觉得做不到。但当白色英雄探险非洲时，却常有黑色的忠仆来给他开路，服役，拚命，替死，使主子安然的

回家……

(1933年9月7日　署名孺牛)

尽管鲁迅在谈到洋人的电影时也充满了讽刺意味,但当时的中国电影究竟还是没能入他的法眼。他专心喜欢外国电影,尤其是好莱坞电影,上海时期的他竟然看了124部之多。鲁迅平时生活简朴、工作繁忙,但他还是要在百忙中抽出时间,带着家人坐汽车奔向电影院,许广平说那样子"如同冲向敌阵一般"。萧红(1911—1942)曾在回忆中说到鲁迅给自己推荐电影:

> 鲁迅先生介绍给人去看的电影:《夏伯阳》,《复仇艳遇》……其余的如《人猿泰山》……或者非洲的怪兽这一类的影片,也常介绍给人的。鲁迅先生说:"电影没有什么好看的,看看鸟兽之类倒可以增加些对于动物的知识。"(《回忆鲁迅先生》)

电影尤爱"泰山系列"

鲁迅尤其喜爱泰山系列电影①,从 P. 邓普西·泰布勒主演的无声电影《泰山之子》一直看到巴斯特·克拉比主演的有声电影《勇猛的泰山》。1934 年,约翰尼·韦斯默勒主演的《泰山得美》摄制完成后在上海上映,鲁迅邀请家人和内山完造夫妇去看过三次。W.S. 范戴克导演、约翰尼·韦斯默勒主演的第一版《人猿泰山》,是利用导演在外景地非洲摄制怪兽影片《TRADERHORN》余下的胶片拍摄的一个副产品,影片"可以增加些对于动物的知识"。但其他的泰山电影都是在好莱坞的摄影棚里拍摄出来的,其主旨也并非普及动物知识。吸引鲁迅的,应该是泰山和他的恋人珍妮的罗曼史吧。另外,《泰山得美》的英文原题是"Tarzan and His Mate",用中文直译是《泰山情侣》。

中国的电影研究者们经常谈到鲁迅在上海时期曾看过《杜

---

① 1912 年,美国作家埃德加·赖斯·巴勒斯在杂志上发表了以白人男性"泰山"为主人公的长篇小说《人猿泰山》,1914 年出版单行本,此后有多达数十部的"泰山系列"小说出版;1918 年《人猿泰山》被改编为同名电影上映,之后同样陆续有数十部泰山题材的电影问世,"泰山"文化热潮一发不可收,由此,泰山成为西方流行文化中最著名的人物形象之一。泰山本是英国贵族的儿子,幼儿时因难漂流到非洲海岸,被类人猿救助,从小在非洲热带丛林中与类人猿共同生活,后来成为非洲丛林的"王者"。

勃罗夫斯基》等六部苏联电影，认为"鲁迅最赞赏以现实主义方法摄制的苏联早期革命电影"。但这种看法不免牵强，因为鲁迅看过的苏联电影的数量，仅仅是好莱坞电影的二十分之一。

对国产电影的评价

在杂文《电影的教训》中,鲁迅谈起自己对国产电影的看法。

> 幸而国产电影也在挣扎起来，耸身一跳，上了高墙，举手一扬，掷出飞剑，不过这也和十九路军一同退出上海，现在是正在准备开映屠格纳夫的《春潮》和茅盾的《春蚕》了。当然，这是进步的。

"上海事变"（1932年）[①]发生后，在全国抗日舆论的推动下，中国电影界趋向左倾化。在夏衍和钱杏邨（笔名阿英）等共产党人的参与下，上海电影界拍摄了《春水》和《春蚕》两部电影。《春蚕》的原作者茅盾（本名沈德鸿，字雁冰，1896—1981）是鲁迅自北京时期以来的好友。他的《春蚕》，

---

①日本学界的通行说法，即"一·二八"事变。

无论是原作小说还是改编后的电影,都是具有现实主义性质的作品。茅盾通过描写一户蚕农的遭遇,展现了在世界经济危机和上海事变的冲击下,中国农村经济走向崩溃的现实。曾有人说过,虽然鲁迅一直不喜欢国产电影,但当时却破例出席了《春蚕》的试映会。

鲁迅肯定左翼电影《春蚕》,但对其他的娱乐电影却不以为然。还是在《电影的教训》一文里,鲁迅写道:

> 当然,这是进步的。但这时候,却先来了一部竭力宣传的《瑶山艳史》。
>
> 这部片子,主题是"开化瑶民",机键是"招驸马",令人记起《四郎探母》以及《双阳公主追狄》这些戏本来。中国的精神文明主宰全世界的伟论,近来不大听到了,要想去开化,自然只好退到苗瑶之类的里面去,而要成这种大事业,却首先须"结亲",黄帝子孙,也和黑人一样,不能和欧亚大国的公主结亲,所以精神文明就无法传播。这是大家可以由此明白的。

《瑶山艳史》的"瑶山"实为"猺山"。这部电影中男主人公来到瑶族地区从事教育工作,后来爱上了瑶王的女儿,并向她求爱,一再发誓绝不离开此地。《猺山艳史》的作者是刘呐鸥(1905—1940),此君是台湾台南一个大地主的儿子,毕业于东京青山学院高等部英文科,1928年在上海经营出版社,开创了现代中国的"新感觉派"。后来进军电影界,于1932年出资成立艺联影业公司,《猺山艳史》就是他赴广西山区拍摄外景倾心打造的。刘呐鸥在从事出版活动之初,曾翻译并刊行了当时最为时髦的日本新感觉派短篇小说集《色情文化》。同时,还出版了由鲁迅翻译的苏联文艺政策论文集《文艺政策》。1931年,国民党对左翼文艺进行镇压,刘呐鸥也未能幸免。次年,上海事变爆发,出版社因战火遭受损毁。转向电影界以后,刘呐鸥与左翼文化人的矛盾逐渐尖锐。这方面的具体情况,三泽真美惠的论著《在"帝国"与"祖国"的夹缝中——殖民地时期台湾电影人的奋斗与跨界》(岩波书店,2010年)中有详细论述。

"软硬电影论争"与刘呐鸥之死

三泽真美惠在论著中指出,刘呐鸥"积极介绍先锋派电影反抗旧权威的革新性表现技法,因为在当时的中国这些最新的电影艺术形式尚不为人所知。与此同时,刘呐鸥试图去拍摄将这些表现技法与先锋派作家所否定的'故事性'结合起来的电影",他呼吁"重视电影的形式,提出对艺术作品来说,'怎样写'有时比'写什么'更加重要"。刘呐鸥这一派的电影人重视电影的艺术性和娱乐性,而左翼电影人则认为,"电影的艺术价值无法脱离社会价值,艺术价值存在于电影所表现的思想中",他们将刘呐鸥所倡导

刘呐鸥

的电影称为"软性电影",并加以批判,以致发展成为20世纪30年代最大的电影理论论争——"软硬电影论争"。

三泽真美惠进一步指出,左翼电影人"正是因为察觉到刘呐鸥的电影理论中具有吸引现场制作者的要素,为了防止现场制作者脱离左翼电影评论界,才对刘呐鸥的理论……进行全力狙击……刘呐鸥在其电影理论中一直试图与偏重思想或曰政治化倾向保持距离。但在20世纪30年代前半叶上海有关中国电影的政治话语场域中,对于左翼电影人来说,刘呐鸥这种'非政治'的态度,正是一种必须进行批判的'政治选择'"。鲁迅的确在《电影的教训》中发表了对《猺山艳史》的批评,但实际上鲁迅"极有可能并未看过这部电影,而是根据电影梗概等文字资料所进行的'思想性'批判"。

现在,我们可以找到DVD来观看电影《春蚕》,但《猺

山艳史》的影片已经佚失，无法窥见其庐山面目了。因此鲁迅所说的"软硬电影论"究竟是否恰当，也已很难判断。或许是因为虽然好友茅盾的现实主义名作《春蚕》领先《猺山艳史》一步拍成电影，但刘呐鸥的艺术或曰娱乐电影却更加卖座，于是鲁迅根据自己以往对国产电影的一贯看法，在实际并未观看《猺山艳史》的情况下，做出了比较负面的评价吧。

尽管如此，鲁迅将《猺山艳史》与中国人熟知的《四郎探母》——英雄为异族俘获，被迫与美丽的公主成亲——等剧目相提并论，强调其通俗性，指出即使自娱自乐陶醉于"中国的精神文明主宰全世界"，那"精神文明"也只能传播到国内的少数民族，欧美日本等列强是无人理睬的。鲁迅将刘呐鸥比作擅长"精神胜利法"的阿Q，也算是他的一种独特嘲讽吧。

不过我感兴趣的是，鲁迅缘何对边疆少数民族的态度有些冷淡。在他对刘呐鸥这个来自日本殖民地台湾的资本家少爷嘲讽的背后，是否也隐含着某种类似的情绪呢？刘呐鸥后来在南京国民党的中央电影摄影场供职，日本侵华战争爆发后，又在日本占领下的上海协助创立中华电影公司，时代变幻，他所憧憬的"纯粹艺术王国""自由的电影创作"等梦想纷纷破灭。1940年9月，当他离开上海福州路京华酒家时突然遭遇狙击殒命。据称,当时他正准备前往 Park Hotel(现国际饭店),而在那里等待他的就是那位大名鼎鼎的李香兰。三泽认为,刘呐鸥暗杀事件不单纯是抗日或亲日"导致的结果,而是在相关的男性演员之间彼此利害关系的矛盾中,有某人发出暗示,某人予以默认,再有某人直接下手所形成的最终结果"。三泽的这一见解值得回味。

第六章 左翼文坛旗手
——上海时期（下）

鲁迅与内山完造（1933年）

一、对独裁的无畏批判

对国民党独裁的严厉批判

从私人生活的角度看,上海时期的鲁迅与爱人许广平、儿子周海婴一起过着富足的中流社会生活。而作为一个文学家,这又是他对国民党独裁体制进行持续尖锐批判的时期。在国民革命轰轰烈烈的行进中,1927年4月,蒋介石在上海发动了"四一二"反革命政变。鲁迅曾痛烈斥责这种背叛革命、背叛民族国家建设的行为。1935年10月,鲁迅在上海内山书店会见日本社会学家圆谷弘时,谈到了这个问题。

> 开始,他们说共产党是火车头,国民党是车厢,革命要靠共产党提携国民党才会成功;说鲍罗廷是革命的恩人,要学生们一起向他致以最高敬礼。因此,青年们谁都感动了,当了共产党。但现在,却突然因为是共产

党的缘故，把他们一个一个地杀死！旧军阀从开始就不容共产党，并一直坚守这个主义；而国民党的做法，则完全是骗子手的行径！①

M.M.鲍罗廷（1884—1951）是一位苏联政治家，1923年应孙文之邀以共产国际活动家的身份来到中国，担任国民党顾问，参与国共合作以及北伐战争的指导工作。由于经历了国民党的背叛，鲁迅对建立农村根据地以抵抗国民党的共产党产生了共鸣，他开始学习并翻译苏联的无产阶级革命文学理论，进而成为左翼文坛的旗手。

文艺论战硝烟弥漫的城市

从国民革命后到20世纪30年代，上海成为一座弥漫文艺论战硝烟的城市，而"革命文学"论争则是一系列文艺论战的开端。这场论战的一方是"四一二"反革命政变后被迫离开国民革命的左派作家，包括第三期创造社同人以及刚从武汉政府回到上海的钱杏邨（笔名阿英，1900—1977）等太阳社成员，另一方则是鲁迅、茅盾所代表的老成左派作家。

---

① 《海外回响：国际友人忆鲁迅》（史沫特莱等著），河北教育出版社，2000年，第243页。

两派的论争从1928年开始,一直持续到第二年。

论争发生后,国民党进一步加强了言论控制,接着又有反对文学与政治相结合的新月派杂志《新月》创刊。在这一背景下,左派作家意识到进一步联合团结的必要性,1930年3月,倡导"无产阶级革命文学"的中国左翼作家联盟(简称"左联")正式成立。左联成立之初仅有成员50余人,后来增加到150人。左联与反对派屡屡展开论争,对各种非无产阶级文学进行了坚决批判。

论争的连锁效应

这一系列论争包括:批判国民党文艺杂志的法西斯御用文学性质的"民族主义文学"论争(1931年),批判否定或轻视文学的政治性和阶级性的"自由人""第三种人"论争(1932年),反对复兴文言、主张拥护口语并创造大众语的"大众语"论争(1934年)等。

当时,共产党被国民党视为非法政治势力,他们在遥远的江西农村建立根据地并坚持活动。1934年,国民党百万军队围剿红军,共产党放弃根据地开始长征。长征历经两年,红军辗转一万两千多公里,最终到达陕西北部,以延安为首都,建立了新的革命根据地。上海的地下党组织由此远离党中央,政治活动的开展遇到很多困难。在这种严峻形势下,尽管存在禁止出版、言论审查等限制,但文学还算是为数不多但可以进行合法活动的领域之一,连续不断的系列文艺论争在客观上宣传了共产党的政治主张。这一时期,上海的大众文化也开始形成,新闻媒体对具有读者效应的话题十分敏感,各家媒体争先恐后地报道这些文艺论战,力图争取更多的读者。

反独裁的左翼文坛旗手

在文艺论战的浪潮中,鲁迅成了反对独裁的左翼文坛旗手。这一时期的鲁迅在辗转于东亚都市之后,终于在上海开始了相对安稳的中产阶级生活。同时,由于政治形势的动荡,这种"安稳"生活也随时面临崩溃的危险。20世纪30年代,由于政治原因,鲁迅曾有四次被迫离家避难。第一次是在1930年3月,鲁迅接连加入了中共地下党主导的中国自由运动大同盟以及左翼作家联盟,并赴各大学进行讲演,于是被国民党方面的媒体污蔑为在替共产党作"口头宣传"。第二次是在1931年1月,即鲁迅的弟子柔石(1902—1931)等青年作家被国民党逮捕并杀害的"左联五烈士事件"之后。第三次是"九一八事变"后日军武装进犯上海的1932年1月。第四次则是内山书店职员遭到逮捕的1934年8月。就这样,每当危险逼近的时候,鲁迅就会离开家,或去内山完造家,或去内山完造朋友的旅馆那里躲避一段时间。

二、与内山完造邂逅

内山完造与中国

内山完造（1885—1959），出生于日本冈山县后月郡芳井村，读了四年高等小学后中途退学，到京都和大阪的商号做过十几年伙计，1913年作为大学眼药参天堂①的驻外职员来到中国，在辗转各地营业的过程中，对从朴素勤劳的苦力到讲究诚信的商人的中国民众有了很深的理解。

内山完造是一位基督教徒，来华三年后，在京都教会牧野虎次牧师的撮合下，他与因家庭原因曾寄身祇园青楼的井上美喜子成了亲。内山一直主张，女性要想自立须实现经济独立，为了让妻子在家里有事情做，婚后第二年他们便在上

---

①大学眼药参天堂，"参天堂"是日本的一家制药公司，现名"参天制药株式会社"，本部位于大阪。1890年由田口谦吉创立，1897年发售滴眼剂"大学眼药"，并成为公司早期的王牌产品，后逐渐发展成为以眼科药品为主力的著名制药公司。目前除眼药外，还研发生产肝脏疾病及类风湿治疗药品。

海北四川路住处的前门,用啤酒箱搭了一个简易柜台,出售一些基督教方面的书籍,这就是内山书店的开始。后来书店又扩展到普通图书经营,数年后这个小书店便成为上海屈指可数的日本书店。1930年,内山自己也辞去参天堂的工作,专心经营书店。

上海的日本人社会

20世纪30年代中期,在上海居住生活的日本人约有26000人,其中大部分集中在虹口区。虹口区中部是纵贯南北的北四川路,沿这条路从南向北,出公共租界,再继续走两公里便是北四川路的尽头。1929年,内山书店搬到这里,书店的规模一下子大了许多。内山书店在短时间内得以迅速壮大有以下几个原因。比如:日本企业大量进入上海,"元本热潮"[①]代表的日本出版业繁荣的影响,以及内山书店所采取的独特营业方式,即所有顾客,不论日本人还是中国人、朝鲜人,一律先记账后付款,为读者提供全方位服务。李人杰、

---

①元本热潮,"元本"指均价1元1册的全集类和丛书类图书,即在规定的期间内购买成套全集或丛书,定价1册1元,但单本图书不在其列。此种方式始于1926年年底改造社出版的63卷本"现代日本文学全集",随后各家出版社竞相效仿,一时间"元本"刊行多达百余种,形成一股热潮,促进了出版界、文艺界的大众化。

郁达夫、田汉、郭沫若等留日出身的文化人都成为内山书店的后援。正如1923年谷崎润一郎在《上海游记》中介绍的那样,到中国的日本文人,都喜欢把内山书店当作与中国文人交流的窗口,有些人甚至把内山书店称为"上海海关"。

与内山相识

1927年10月5日,即从广州到达上海的第二天,鲁迅便来到内山书店买书。但内山恰好不在,鲁迅买了几本书便离开书店。鲁迅逝世后,内山在《改造》杂志发表过题为《鲁迅先生追忆》的文章,他这样记述两人的初次相遇:

> 记不起是哪一天了,反正是一个下午,先生一个人来到书店,翻看挑选了几种书籍,然后坐到长椅上。他一边喝着内人端来的茶水,一边点燃香烟,指着几本挑好的书,用漂亮的日语说道:
>
> "老板,请把这些书送到乐安路景云里〇〇号。"我现在已经记不起先生说的是多少号了。反正当时立即问道:
>
> "您贵姓?"
>
> "我叫周树人。"

"啊啊,您就是鲁迅先生啊!早就知道您的大名。您这是从广东来的吧?没有见过您,失礼了。"

我和先生的交往就这样开始了。

从那以后,鲁迅差不多每隔三天便会来一趟书店。"老板!"听到鲁迅的招呼,内山便会微笑着迎上去:"啊,鲁迅先生!欢迎!您请坐!"美喜子也赶忙端来宇治茶。前面说过,内山书店于1929年搬到北四川路底施高塔路(现山阴路),而鲁迅在上海的十年中,也一直住在北四川路。从鲁迅山阴路上的二层公寓,一眼便可以望见内山书店,两者之间的直线距离不过百数十米。鲁迅与内山书店,鲁迅一家与内山一家的亲密交往,在鲁迅病逝后也依然如旧。

对内山完造的高度信赖

鲁迅定居上海后,很多日本人来上海访问时,都要特意去拜会鲁迅。这些日本人中,有作家和诗人,如金子光晴、武者小路实笃、横光利一、林芙美子、野口米次郎和长与善郎等;有新闻记者,如长谷川如是闲、室伏高信和山本实彦等;有专门研究中国文学的学者,如盐谷温和增田涉;还有如铃木大拙这样的禅学大家。而这些人对鲁迅的拜会,都离不开内山完造的斡旋和安排。

随着日本不断加快侵略中国的步伐,特别是经过了"九一八事变"(1931年)和"上海事变"(1932年)后,上海的反日言论日益高涨。1933年,国民党方面的报纸《社会新闻》刊登了一则新闻,声称内山完造是日本特务[①]。针对这个说法,鲁迅说道:

> 说到内山书店,这三年来我的确经常来这里,坐一坐,找找书,聊聊天。与上海的一些文人相比,内山先生很使人放心。因为他的生意是赚钱。我坚信他不是特务,他卖书只是为了赚钱,他不出卖人的血。这一点是那些自以为自己是人但其实连狗也不如的文人们要好好学习的。(《〈伪自由书〉后记》)

透过鲁迅的这段文字,我们可以看到鲁迅对内山完造的信赖是何等深厚。

[①] 时间有误,当为1934年。详见天一《内山书店底秘密》(《社会新闻》1934年第16期)。文章称,内山完造"神通广大,在领事馆警察署中找到了一个秘密侦探的任务,每月支二百元的薪水"。"施高塔路的内山书店,实际是日本外务省的一个重要的情报机关,而每个内山书店的顾客,客观上都成了内山的探伙,而我们的鲁迅翁,当然是探伙的头子了。"

三、自由谈：与审查的博弈

频繁变换的笔名

在年年都被迫离家外出避难的同时，鲁迅还要面对国民党愈加严格的新闻出版审查。在报纸杂志上发表杂文的时候，他需要不停地变换笔名，以至于终生竟用了140多个笔名。1933年1月—5月，鲁迅为《申报》副刊（文艺·学术版）《自由谈》栏目撰写杂文时，用了"何家干"这一笔名，意为"谁写的"。

《自由谈》专栏

针对国民党不去抵抗日本的侵略，反倒来压制社会上的抗日舆论，鲁迅在《自由谈》上表达了自己的意见。杂文《逃的辩护》(1月24日)讽刺国民党的拙劣行为，学生参加抗日请愿游行被军警杀害，国民党却声称学生自己的头碰到了刺刀，自己失足落到了水里。《航空救国三愿》(2月3日)向抗日不力的国民党防空队提出了三个要求:一、路要认清;二、飞得快些;三、莫杀人民!

不过发表这些杂文时,必须要接受国民党的反复审查。杂文集《准风月谈》(1934年)收录了发表在《自由谈》专栏的60余篇杂文,鲁迅在序文中特意交代,集子里的文章有多处在审查时被删掉,总数达到223字。对此,鲁迅愤怒地讥讽说:

> 日本的刊物,也有禁忌,但被删之处,是留着空白,或加虚线,使读者能够知道的。中国的检查官却不许留空白,必须接起来,于是读者就看不见检查删削的痕迹,一切含糊和恍惚之点,都归在作者身上了。这一种办法,是比日本大有进步的,我现在提出来,以存中国文网史上极有价值的故实。(《〈准风月谈〉前记》)

《铸剑》的世界

《故事新编》(1936年)主要收集了鲁迅上海时期创作的小说。其中《铸剑》一篇可以推断是在广州时期的1927年4月,即在"四一二"反革命政变前完成终稿。《铸剑》取材于魏晋志怪小说《列异传》《搜神记》中眉间尺复仇的传说。

第六章　左翼文坛旗手——上海时期（下）

《故事新编》封面

《眉间尺》插图

在创作《铸剑》的两年前，鲁迅得到了池田大伍编著的《支那童话集》（东京：富山房），其中恰好收录了题为《眉间尺》的一篇。因此可以认为这本《支那童话集》对《铸剑》的创作有直接影响。《铸剑》写黑色人主动要替眉间尺复仇，但需眉间尺的头和剑，于是眉间尺自刎献头。鲁迅在小说中描写了这样一个场面：黑色人提起眉间尺的头，对着尚有体温的嘴唇吻了两回。这一情景令人想起奥斯卡·王尔德的独幕剧《莎乐美》中主人公莎乐美亲吻先知约翰头颅的场面。创作《铸剑》以后，鲁迅编辑出版了《比亚兹莱画选》，而书中比亚兹莱创作的《莎乐美》插图，也许正是联结鲁迅与王尔德的中介也未可知。至于《铸剑》中黑色人再三吟唱的那首奇妙的歌，鲁迅曾在写给增田涉的信（1936年3月28日，用日文写成）中提及：

我想《铸剑》并没有什么特别难懂的地方。但需要注意的是，小说里的歌的意思都不太清楚。因为那是怪人和人头唱的歌，我们这些普通人很难理解。

那么，黑色人吟唱的那首晦涩的歌，与拥有爱憎分明的博大情怀的鲁迅，与鲁迅文学的深刻以及耐人寻味之间，究竟有着怎样的联系呢？

四、抵抗日本侵略

"满洲国"的独立与日本军队的侵略

北伐战争结束之后,东北地区对上海工业的需求越来越大,张学良开始加大东北地区经济开发的力度,于20世纪20年代末期着手修建"满铁并行线"铁路①。日本方面,则在1931年发动了"九一八事变",第二年又扶植成立了傀儡政权"满洲国",扶持"末代皇帝"溥仪登上"执政"的宝座。这样,日本便将包括东北三省以及内蒙古部分地区在内的130万平方公里(相当于日本国土面积的3.5倍)的土地置于自己的统治之下。"满洲国"各民族1932年的人口结构如下:日本人14万,朝鲜人59万,满洲人2236万,其他7万,其中九成以上的满洲人为汉族。

在这种形势下,蒋介石方面仍然坚持"攘外必先安内",

---

①满铁并行线,也称"满铁包围线",指20世纪20年代末张学良的奉系军阀计划并着手修建的与南满铁路并行的铁路线。

以剿灭共产党为要务,并采取了一系列军事行动。但在"满洲国"成立后,上海工商业逐渐失去东北市场,再加上华北地区走私日本商品日趋严重,上海经济受到很大影响,民族资产阶级开始支持抗日。

为了转移国际社会对"九一八事变"的关注,日本军队于1932年在上海租界外发动了军事行动("上海事变"),国民党第十九路军在蔡廷锴的指挥下,顽强抵抗日军的进攻,激烈的街巷战持续了一个多月之久。当代中国研究者刘惠吾的研究表明,经过"上海事变",虹口的日本人居住区扩展到公共租界北侧,整个虹口"实际上已变成'日租界'。日本军队在那里广筑堡垒,构成以北四川路底海军陆战队司令部为核心的工事系统"[1]。"上海事变"原本是日本军队的一个策略,他们试图以此转移世界各国的视线。但实际上,在这场"事变"中,上海的市民们目睹日军在光天化日之下的侵略行为,感奋于中国军队的奋勇抵抗,更加痛切地感受到东北沦丧这一惨痛的事实,抗日意识进一步增强。

---

[1] 引文见刘惠吾编著《上海近代史(下)》(华东师范大学出版社,1987年)第297页。另,刘惠吾,历史研究者,原华东师范大学历史系教授。著有《日本帝国主义侵华史略》(华东师范大学出版社,1984年)、《上海近代史》(上下册,华东师范大学出版社,1985年、1987年),主编《中国现代史论文摘编》(河南人民出版社,1984年)等。

"国防文学"论战

1936年是鲁迅人生中的最后一年。"国防文学"论争便发生在这一年。1935年后半,中国共产党决定建立抗日民族统一战线。遵照中共共产国际代表团成员王明(本名陈绍禹,1907—1974)和康生(1898—1975)的指示,上海地下党文化界领导人周扬、夏衍等计划于年末解散左联,建立以抗日救亡为主旨的文艺家协会,周扬还进一步提出了"国防文学"的口号,呼吁全体作家参加文艺界抗日民族统一战线,创作以抗日救亡为主题的"国防文学"。

1934年,"左联"个别领导怀疑鲁迅的弟子胡风与国民党政府有染,撤销胡风左联书记的职务,鲁迅与左联的关系由此开始变得疏远。再加上对一些人经常在背后攻击自己很反感,鲁迅逐渐失去对左联的信任。他并不反对解散左联,支持胡风提出的"民族革命战争的大众文学"的口号,反感周扬一派打着抗日民族统一战线的旗号,强迫作家创作"国防文学"主题和题材的作品,反对他们无视作家,尤其是左翼作家主体性的文艺政策。但周扬他们却把鲁迅的批评意见称为"'左倾'宗派主义者的豪言壮语"。1936年6月,鲁迅与无政府主义者巴金等左翼作家一道发表《文艺工作者宣言》,与周扬一派的中共文艺工作者展开全面论战。

重视文学家的主体性

鲁迅的态度很明确,他无条件支持中国共产党提出的抗日民族统一战线,也赞成全体文学家团结在抗日的旗帜下,但暂不参加宗派主义色彩浓厚的文艺家协会;他赞成全体作家在抗日和"国防"的目标下联合起来,但主张这一联合不应限制在"国防文学"的口号下,因为在创作"国防"主题的作品之外,作家们可以通过各种不同方式参加抗日联合战线。

鲁迅进一步指出,"民族革命战争的大众文学"是针对左翼作家提出的口号,目的是弥补"国防文学"思想的模糊性,而并非与之对立。鲁迅严厉斥责了周扬等人对胡风、巴金的非难和不实之词,称他们都是值得信赖的友人。

在郭沫若和茅盾等人的调停下,1936年10月,鲁迅、郭沫若、茅盾等联合署名发表了《文艺界同人为团结御侮与言论自由宣言》,宣言吸收了鲁迅的主张。至此,"国防文学"与"民族革命战争的大众文学"这两个口号的对立、周扬阵营与鲁迅阵营的对立,终于宣告结束。

第七章 日本与鲁迅

身穿和服的鲁迅

一、鲁迅与大江健三郎

在四国的山村阅读鲁迅

1994年，大江健三郎（1935—）获得诺贝尔文学奖时，母亲小石跟他讲了下面这些话："在亚洲作家中，最有资格拿诺贝尔文学奖的，是泰戈尔和鲁迅。和他们两位相比，健三郎你还差得远呢。"大江说，他的母亲懂中文，一直为中国文学所倾倒，特别是鲁迅的作品。1934年，母亲和父亲好太郎从四国的小山村出发，前往上海旅行。在上海，他们买到了鲁迅创办的《译文》杂志，回去后爱不释手，读了很久。《译文》由鲁迅和茅盾等人在上海创办，是一本专门翻译外国文学的杂志。

1947年，大江考入四国一个小山村新建的新式中学，母亲送给他一本佐藤春夫和增田涉合译的《鲁迅选集》（岩波文库，1935年），从此，大江便喜欢上了鲁迅的作品。（大江健三郎《定义集》,《朝日新闻》2006年10月17日)2007年5月18日,大江在东京大学作了一场题为《如何成为一个知识人》的演讲。在讲演的听众提问环节,有人问大江从鲁迅那里接受了怎样的影响,我记得大江是这样回答的——鲁迅自由地写作小说,创造了属于自己的小说形式。作为一个知识分子,他对世界发出了自己真诚的声音和无畏的控诉。这就是他所创造的文体。我在写作短篇小说的时候,每每会想起这样的鲁迅。

大江的鲁迅阅读史

大江还说起,在执笔处女作《奇妙的工作》(1957年)之前,曾写过一句"含着巨大希望的恐怖的悲鸣"。这句诗"应该是引用的鲁迅作品,但具体的记不清楚了"(《定义集》,《朝日新闻》2008年8月9日)。其实,这一句引自鲁迅《白光》的结尾部分——"含着大希望的恐怖的悲声,游丝似的在西关门前的黎明中,战战兢兢的叫喊。"《白光》使用安特列夫式的手法,描写了一个科举万年落第生的异常心理,很像《孔乙己》的姊妹篇。《白光》并未出现在佐藤春夫和增田涉翻译的岩波文库版《鲁迅选集》里,但1955年出版的竹内好译岩波文库版《阿Q正传·狂人日记》选入了这篇。大江先生在创作《奇妙的工作》前重读鲁迅，看的就应该是这个版本。

后来我将此事告诉大江，大江先生回信说自己一直记得那句话的出处是《野草》以后的作品，怪不得一直查不到。

大江健三郎的鲁迅阅读经历表明，在日本，人们对鲁迅的喜爱自战前便已开始，尽管他是一位外国作家，但日本人却把他的作品作为国民文学来看待。这章我们便来追溯日本的鲁迅接受史。

二、世界最早的鲁迅介绍

《日本及日本人》

日本媒体最早关注和介绍鲁迅,是在鲁迅留日的最后一年即1909年。这一年,在明治时期著名评论家三宅雪岭(1860—1945)主编的半月刊《日本及日本人》5月1日号上,有一则题为《文艺杂事》的报道,其中有一部分谈到了鲁迅兄弟:"现有居住于本乡、年纪二十五六岁之周姓中国兄弟,饱读英德两语的泰西作品,并在东京刊行了定价仅为三十钱的《域外小说集》……"这篇文章首次向外界报道了周氏兄弟刊行外国小说翻译集《域外小说集》第一卷的消息,这篇文章自然也就成为包括中国在内的世界最早的鲁迅介绍。

笔名"鲁迅"的最早介绍

20世纪20年代,中国古典文学研究者青木正儿(1887—1964)发表了题为《以胡适为中心:汹涌澎湃的文学革命》

的连载文章。该文没有使用"周某"之类的说法,是日本人对作家"鲁迅"所做的最早介绍。文章这样写道:"在小说方面,鲁迅是位有前途的作家,如他的《狂人日记》描写一种迫害狂的惊恐的幻觉,而踏进了迄今为止中国小说家还尚未达到的境地"(《支那学》1卷1—3号,1920年9—11月)。青木明确认识到文学革命对中国的知识及思想体系的巨大冲击,并在这个层面上对鲁迅进行了介绍。

最早的日译鲁迅作品

1922年,北京的日文周刊《北京周报》(1922年6月4日,第19号)发表了第一篇日译鲁迅作品《孔乙己》,译者为周作人。《北京周报》后来还发表过由鲁迅自己翻译成日文的童话《兔与猫》,刊登过鲁迅采访记。总之,《北京周报》是早期推介鲁迅的重要刊物之一,在这方面发挥过不可忽视的作用。那么,鲁迅究竟是怎样将自己的童话译成日文的呢?下面我们就来看一下鲁迅译文开头的一节。另外,拙译《故乡·阿Q正传》(光文社,古典新译文库)也收入了本人翻译的《兔与猫》全文。

自分の家の後に住んで居た三郎君の奥さんは、夏頃子供達に見せるのだと云つて、二匹の白い兎を買ひ込んだ。

　其の二匹の白い兎は親を離れたばかりらしかつた、異類とは云ないがら矢張り無邪気な所がよく見えた、併し小い桃色の耳を立たして鼻の穴を動かしながら、目には頗る驚いた様な又疑ふ様な様子をも表はして居た、多分周囲の有様が変に成つたから、怎しても元の家に居たときの様に安心して遊ぶことが出来なかつたのだらう。若し縁日に自分で買ひに行くと、こんなものは大抵一匹二十銭で沢山だけれど、奥さんは一円程出したさうだ、其は小使に店で買はしたからである。

　小供達は云ふまでもなく大に悦んで騒ぎながら集つて見に来たが、大人までも見物に幾人も集つた。又エスと云ふ犬が一匹居たから其も飛んで来た、併し近づいてちよつと白を嗅ぐとくしやみを一つして少し退いた。奥さんは手を挙げて「エス、覚えておいて、咬み付いちやいけないぞ」と叱りながらぴちやんとエスの頭の上に一撃を加へた。エスは行つて仕舞つた、それから後には本当に一度も咬み付いたことがなかつた。

这是一篇有些特别的"童话"作品。故事的背景实际就是鲁迅家的庭院。鲁迅的笔触轻松愉快，描写了一对可爱的白兔，还有满心喜爱白兔的年轻太太和她的孩子们，同时也毅然表达了对自然世界不合理部分的反抗情绪。东京留学时期，鲁迅曾在中国最早主持过安徒生童话的翻译，后来也译出了爱罗先珂的两本日语童话。他的日文翻译呈现出一种很有节奏感的文体。

日本人共同体

鲁迅、周作人两兄弟曾分别在日本留学七年和五年，二弟周作人和三弟周建人甚至还先后娶了羽太信子和羽太芳子这对日本姊妹为妻。在北京的鲁迅府邸，周氏三兄弟及其家人与他们的母亲鲁瑞过着大家庭的生活，这里可以读到从东京寄来的报纸《读卖新闻》以及《新潮》等日本文艺杂志。五四时期的北京，居住着大约1500名日本人，《北京周报》的记者丸山昏迷（本名幸一郎，1895—1924）就是其中之一。在现代中日两国的文化交流中，北京的这个日本人共同体发挥了很大作用。如前所述，鲁迅文学最初的日文翻译——周作人译《孔乙己》，便发表在北京的日文杂志上。而这一事实的背后，正是近代史上日中两国亲密而复杂的关系。

清水安三的鲁迅介绍

《孔乙己》的译文发表五个月以后,传教士兼社会活动家清水安三(1891—1988)开始在《读卖新闻》上连载随笔《周三人》,向日本国内读者介绍鲁迅兄弟。清水安三曾给《北京周报》供稿,与鲁迅也有过交流。1924年,清水安三出版了《支那当代新人物》和《支那新人与黎明运动》(均由大阪屋号商店刊行)等两本随笔集,《周三人》也收录其中。总之,在大正时期的20世纪20年代,从青木正儿到清水安三,日本的鲁迅介绍一直在切实进行着。

三、文库版《鲁迅选集》与《大鲁迅全集》

《故乡》：日本人翻译的第一篇鲁迅作品

1919年，鲁迅将武者小路实笃的反战戏剧《一个青年的梦》译成中文，1927年武者小路主编的月刊《大调和》10月号则刊载了鲁迅《故乡》的日文翻译。尽管这篇翻译没有署名，译者至今不详，但却是日本最早翻成日语的鲁迅小说。

在《故乡》日译文发表的前一年，中国爆发了北伐战争，国民革命风起云涌，日本的无产阶级文学运动也开始关注中国左翼作家，鲁迅的名字经常出现在各种场合，尽管如此，日本方面对鲁迅的理解还明显不足。在这种情况下，日本一家通讯社的广东特派员山上正义[①]，在文艺杂志《新潮》1928

[①] 山上正义（1896—1938），笔名林守仁。日本昭和（1925—1989）前期的新闻记者。曾因"晓民共产党事件"入狱，1925年赴上海，先后担任报社、通讯社记者，与中国文化界交流颇多，曾采访鲁迅发表报道，1931年以"林守仁"的笔名翻译出版《阿Q正传》。

年3月号上发表了随笔《谈鲁迅》,对广州时期的鲁迅进行了生动描绘,是一篇出色的鲁迅论。

日本读书界不可或缺的名字

1928年之后,鲁迅作品的翻译开始多了起来,到了1937年,七卷本《大鲁迅全集》由改造社出版,"鲁迅"终于成为日本读书界不可或缺的名字。

除改造社出版的《大鲁迅全集》之外,鲁迅生前问世的岩波文库版《鲁迅选集》(1935年)也同样有过很大的影响力。后者的编译者是著名作家佐藤春夫(1892—1964)。佐藤春夫出生于和歌山县新宫町的一个医生家庭,祖上代代喜好汉学。1918年,佐藤凭借收有《田园的忧郁》等的小说集《病蔷薇》(内收《田园的忧郁》等)在大正文坛华丽登场;接着又创作了小说《女诫扇绮谭》(1926年)等,表达了对日本殖民统治的批判,以及对台湾民族主义的共鸣。他曾经邀请田汉、郁达夫等中国留学生到家中做客,与他们有过很多亲密交往。而另一方面,早在1923年,鲁迅和周作人便在北京翻译过他的作品。

增田涉的《鲁迅传》

增田涉是鲁迅的私淑弟子,毕业于东京帝国大学支那文学科（今东京大学文学部中国文学专修课程）。1931年增田涉前往上海，佐藤春夫为他写了介绍信，将他介绍给内山完造，到上海后内山又把他介绍给鲁迅。于是增田每天有三个小时都在鲁迅家里，听鲁迅一对一地讲解《呐喊》《彷徨》和《中国小说史略》等作品。直到现在，关西大学图书馆"增田涉文库"还保存着增田涉旧藏的《呐喊》《彷徨》，上面写满了鲁迅亲笔所作的注释以及增田自己的笔记。

在与鲁迅交往的过程中，增田"被鲁迅极富个性的人格所打动"，一心想要"告诉日本人今天的中国有鲁迅这样一个人存在，告诉他们产生了鲁迅的中国是这样的一个国家"，于是，增田涉写出了《鲁迅传》。佐藤春夫读了增田涉的稿子之后非常感动，他在信中写道，"大作迅即拜读，甚觉有趣。非也，诚非有趣，而当谓为鲁迅先生之伟大所感动"。佐藤春夫按捺不住，立即找到改造社社长山本实彦[1]，向他推荐。于是，

---

[1] 山本实彦（1885—1952），出版家、政治家、改造社创始人、东京每日新闻社社长、众议院议员。早年任报社记者，1919年创立改造社，出版综合杂志《改造》，影响巨大，与另一本综合杂志《中央公论》一道引领了大正舆论界。改造社曾邀请爱因斯坦、伯特兰·罗素等人访问日本，掀起"元本热潮"，出版《马克思恩格斯全集》《经济学全集》等，对近代日本的社会文化产生很大影响。山本实彦与鲁迅亦有交往，1937年策划出版《大鲁迅全集》。

一个无名新人的稿子就这样登上了大型综合杂志《改造》。

促进鲁迅普及的《鲁迅选集》

由佐藤春夫、增田涉合译的《鲁迅选集》总计卖出了十万册以上，为鲁迅在日本的普及，以及后来在日本殖民地台湾及韩国的普及做出了很大贡献。围绕着这本《鲁迅选集》，我曾经历过这样一件事。2000年12月，我应韩国现代中国文学研究会的邀请，前往韩国首尔大学参加学术研讨会。午休时间，我离开会场去首尔大学的图书馆参观。万万没有想到，我竟然在那里发现了岩波文库版的《鲁迅选集》，打开扉页，一眼看到韩国赠书者的签名。想必这是书的主人将自己战前的藏书捐赠给了母校吧。从1910年到1945年，韩国成为日本的殖民地，这是东亚一个很大的不幸。但韩国人没有屈服于殖民宗主国强加给自己的"国语"——日本语，而是阅读鲁迅作品，培养自己的反抗精神。看着图书馆里那些衣着亮丽、透露着聪慧神情的年轻人，我不禁万分感慨。

佐藤春夫的倾心努力

在岩波文库版《鲁迅选集》出版以前，佐藤春夫曾打算邀请健康状况不佳的鲁迅到日本疗养，并为此到处奔波。鲁迅为此也感谢佐藤,他说,"特别是对佐藤先生,真不知用什么语言才能表达自己的谢意"(致内山完造日文书简,1932年4月13日)。1933年,鲁迅和友人郑振铎一起编辑出版了一套大型便笺限定复刻本《北平笺谱》。笺谱收集了包括明清时期作品在内的古今名人画笺,使用木版套色水印而成。出版后鲁迅立即寄赠给佐藤。如今,这本高雅的彩笺集就陈列在新宫市的佐藤春夫纪念馆里。书的扉页背面是鲁迅题写的献词:"佐藤春夫先生雅鉴 鲁迅 一九三四年三月二十七日"。

中国文学研究会的鲁迅介绍

1934年,在竹内好、武田泰淳以及冈崎俊夫等人的努力下,以东京帝国大学支那文学科的在校生及毕业生为中心的中国文学研究会宣告成立。从1935年到1943年,该研究会编辑出版了92期会刊《中国文学》(月刊)。除鲁迅之外,刊物还介绍翻译了周作人、郭沫若、郁达夫、茅盾、老舍、巴金和沈从文等中国现代文学的代表作家。

四、中文教科书与鲁迅

田中庆太郎的《鲁迅创作选集》

中文教学中的鲁迅也同样不可忽略。在中文学习俱乐部或学习班,鲁迅作品也进入了教科书,人们在学习中文的同时,阅读和学习鲁迅。早在20世纪20年代前期,由东京外国语学校支那语部(现东京外国语大学中国语科)退休教员组成的东京外语小组,便采用以鲁迅为中心的五四新文学作为中级教科书,1929年出版的神谷衡平编《现代中华国语文读本》(上、下),以及宫越健太郎编《支那现代短篇小说集》,分别收录了鲁迅的《风筝》《兔与猫》《社戏》以及《故乡》等作品。

在一系列相关教科书中,东京外国语学校支那语部毕业生、集书店与出版社于一身的文求堂老板田中庆太郎编辑的《鲁迅创作选集》(1932年)尤其值得注意。该书的出版得到了鲁迅的正式授权,1932年5月,鲁迅在日记中记载,收悉样书5册及版税50圆。此书定价为50钱，版税为5%—10%，据此可以推定印数在1000—2000册。昭和十五年（1940年）1月出版了第四印次。这样看，作为中文原文印刷出版的书籍，《鲁迅创作选集》在当时可算是畅销书了。

鲁迅創作選集正誤表

頁	行	誤	正
二	1	"有的叫	"有的叫
八	6	仲出	伸出
八	2	還缺	還欠
一〇	9	獨抱	獨托
一四	9	剌得	剌·得
一五	5	古口亭口	古口亭口
二一	2	痩艶	痩艶
二三	8	你怎	你怎
三七	11	他想；	他想：
毛七	1	未而	而未·
六六	5	汗流面	汗流滿面
六六	6	咳	"咳
四七	6	掣起	掣起
四七	7	氣和氣	氣和
吾〇	10	抽筋骨	抽堅筋骨
吾三	2	依了頭	低了頭
吾八	9	說；	說：
六〇	10	且跑	且跑
六〇	12	罪過阿	罪過呵
六七	2	姑在	站在
六九	7	伊便	他便
全一	4	酒醉了	酒醉
全三	2	亦給	交給
全六	7	一驚	一驚·
全六	6	他應	也敢·
全五	6	走咳	便走·
全二	9	不分明	不很分明，
充〇	8	裁揉	被揉
充二	4	而為	而然
〇四	12	性形	情形
〇八	8	他想；	他想：
一二	1	瞳	睡
三〇	5	唱宋	喝宋
三一	11	刺去	刺去
三七	11	閃電似	閃電似的·
三三	11	抱你	抱過你
三三	有の外	傍我們	傍晚我們
		六頁8行、二一頁6行、二三頁6行、7行、二五頁12行、二六頁5行、二七頁5行、一二〇頁5行の眼晴は眼睛の誤りなりとす。	

《鲁迅创作选集》勘误表

宏大的文化交流构想

鲁迅在中国小说史研究的过程中，曾就1926年文求堂刊行的《古本三国志演义》与田中有过通信交流，后来还购买过文求堂出版的《聊斋志异列传》等书。《鲁迅创作选集》出版后，田中寄赠样书给鲁迅，鲁迅看过并亲自写了多达四十条的勘误表寄给田中，由文求堂印好，卖书时夹在书中。尤其值得一提的是，田中还曾派自己的女婿，后任金泽大学教授、教授中国历史的增井经夫专程赴上海，劝说鲁迅到日本来疗养。

除此以外，在更早的1928年，田中庆太郎便为来日本避难的郭沫若提供过种种帮助。通过田中庆太郎的态度和一系列表现可以推测，对于日中文化界的交流他一定有过很多计划，比如从出版中文教科书开始，逐步将交流扩大到其他领域等。

此外，在20世纪30年代，由东京外语小组主导出版的《支那语》等中文研究杂志，也选择鲁迅的作品进行对译。东京外国语支那语部的小田岳夫，还根据自己在杭州领事馆的任职体验，创作了小说《城外》，并于1936年获得第三届芥川奖，1941年又写出了《鲁迅传》。

五、太宰治《惜别》与竹内好《鲁迅》

《惜别》:以鲁迅为原型的青春小说

著名作家太宰治(1909—1948)曾以留日时期的鲁迅为原型,创作了青春小说《惜别》。小说的叙事者"我"是一位老医师,出生于"东北地区偏僻一隅的小城镇",后在东北地区的某村庄开设诊所行医。作品通过老医师回忆的方式,讲述了"四十年前"在仙台医学专门学校发生的青春故事,描写了他与同学鲁迅以及授课教授藤野先生的交往交流。

太宰治的另一部小说《奔跑吧!梅洛斯》(1940年)描写的也是友情,但《惜别》讲述的是一个超越国界的温馨故事。《惜别》有这样一个场面:叙事者"我"在仙台去旅游胜地松岛游玩的时候,偶然听到鲁迅唱小学歌曲《云之歌》。"我"听了鲁迅的歌声,感觉"说不上是跑调,还是唱不清楚,反正是唱得糟透了"。的确,鲁迅从少年时期便开始喜欢美术,上海时期对电影很有兴趣,但奇怪的是,他确乎从未显示出对音乐感兴趣。《惜别》中太宰治对鲁迅缺乏乐感的描写，正显示了他敏锐的洞察力。

在松岛游玩的时候，鲁迅无意间暴露了其音痴的一面，而当他与"我"一同在旅馆住宿时，又呈现出了另一个面相："周君（鲁迅本名周树人）在旅馆换上棉袍儿，简直就像生意人家的少东家一样潇洒。"鲁迅曾照过这样一张照片，那是在东京的宿舍，他身着和服及裤裙，端坐在榻榻米上（见本章篇章页）。这张照片如今在《鲁迅全集》以及各种鲁迅写真集中都可以看到，但太宰治创作《惜别》时，大概是没有办法看到留学时期的鲁迅照片的。身穿和服、如"生意人家的少东家一样潇洒"，这逼真的描写，很好地证明了太宰治所具有的出色想象力。

《惜别》的评价为何不高？

《惜别》如此这般生动地描绘出了一个欢笑的鲁迅，一个有点音痴又有些喜欢作威严正襟状的鲁迅。不过和《奔跑吧！梅洛斯》比起来，《惜别》得到的评价却比较低。而如果追究其原因，便不能不说与竹内好有很大关系。竹内好（1910—1977）是一位与太宰治同时期的鲁迅研究者，也是一位具有非凡魅力的批评家。但他对《惜别》的评价却很低。竹内好断言,《惜别》所描绘的鲁迅形象"无视鲁迅自己的文章,是仅凭作者的主观而捏造的鲁迅形象——甚至可以说简直就是作者的自画像"(《花鸟风月》,1956年)。

战争时期的1943年11月,竹内好写的评论性著作《鲁迅》脱稿,次月竹内好接到征兵入伍通知,很快当兵开赴中国战场,《鲁迅》一书的校对由好友武田泰淳代为完成。1944年12月《鲁迅》正式出版,武田按照竹内的吩咐将书寄呈太宰治。至于太宰治,为了创作《惜别》,他读过同行作家小田岳夫的《鲁迅传》以及日文版的七卷《大鲁迅全集》,还专门进行实地调查,"了解仙台医专的历史……仙台市的历史"。收到竹内好的《鲁迅》以后,他也同样仔细阅读。在进行了一系列准备工作之后,太宰治才开始着手创作《惜别》。关于这些情形,太宰治在《〈惜别〉后记》中写道:

> 小田也写有如春花般甘美的名著《鲁迅传》,尽管如此,我还是动笔开始了《惜别》的写作。就在这个节骨眼,完全出乎我的意料,竹内好寄来了他那刚刚出版的如秋霜般严峻的名著《鲁迅》……在后记中,这位支那文学的才俊提到一个完全让我感到意外的事实。他说他从很久以前便爱读我的那些不成样子的小说。我很羞愧也很

狼狈,同时感奋于这难得的缘分,以少年一般的热烈勇气开始这项创作。

在这里,太宰治将小田的《鲁迅传》称为"如春花般甘美",乃是由于这本书从始至终都如同一本令人感动的伟人传。与此相对,竹内的《鲁迅》却在不作任何评论和解说的情况下,单刀直入地断言"鲁迅的小说很不高明""《肥皂》乃拙劣之作,《药》很失败""《伤逝》是坏作品",对鲁迅作品多有批评。太宰治用"如秋霜般严峻"来形容竹内的《鲁迅》,想必其中交织着同为作家的对鲁迅的同情吧。

被神化了的竹内《鲁迅》

竹内好对于鲁迅的论述是在文学与政治相互对立的文脉中展开的。然而,在鲁迅所处的20世纪初至30年代,中国的政治及文学状况与竹内所置身的战争时期的日本明显不同。竹内好的鲁迅论明显具有空洞的观念论色彩。与竹内好的《鲁迅》不同,太宰治是以"少年一般的热烈勇气""对中国人,既不鄙视也不吹捧,以纯粹的独立亲和之态度,心怀慈爱,切实刻画了青年周树人形象"。但在竹内好眼里,太宰治笔下的鲁迅却"是仅凭作者的主观而捏造的形象——不,甚至可以说是作者的自画像",如果太宰治看到竹内好的评价,我想他一定会把这番话掷还给竹内好本人。

然而,太宰治关于竹内的《鲁迅》"如秋霜般严峻"这一说法,后来却被解释为太宰治从竹内《鲁迅》那里"受到了强烈冲击"。不仅如此,这种解释还逐渐成为神话。比如,奥野健男(1926—1997)就在新潮文库版《惜别》的"解说"(1973年)中这样写道:

> (太宰治)察觉到自己与竹内好不同,即自己很难接近竹内好笔下的鲁迅形象,意识到自己以小田岳夫《鲁迅传》为参考的小说存在着破绽。但另一方面身处战争末期,他的那种农民式的执拗让他无论如何也要把小说写出来。他试图努力理解竹内好的鲁迅,但实际上却成了借助鲁迅进行的自我表白。

面对鲁迅的自卑情结:竹内《鲁迅》

太宰治收到竹内好的《鲁迅》后,"感奋于这难得的缘分,于是以少年一般的热烈勇气开始"了《惜别》的创作。其实,在《惜别》的故事中,并不存在什么破绽。纠结"自己没能很好理解和把握鲁迅形象"的,不是太宰治,而恰恰是竹内好自身。在这个意义上,奥野健男的《惜别》解说表明,奥野自己恰恰是承续了竹内对鲁迅的那种自卑感,并且拼命要把太宰治也拉进来。另外,"农民式的执拗"的说法,原本出自太宰治的回忆性文章《十五年间》(1946年)。太宰治在回顾太平洋战争中的"糟糕时代",自己被当成"非国民",有一篇"原稿用纸长达40页的小说"刚一发表,"就被命令从头到尾全部删掉"。他说"既然到了这个份儿上,如果不能把写小说坚持到底,那就太糟糕了。这已经不是道理不道理的问题,而是农民的尊严问题"。

《惜别》:战争协力文学

《惜别》原本属于战争协力文学,这一点也严重影响了关于这部作品的评价。小说出版于1945年9月,那时日本宣布投降已有一个月。但正如尾崎秀树指出的那样,这篇作品是在日本内阁情报部和文学报国会的委托及资助下,为响应大东亚会议(1943年11月)共同宣言——"大东亚各国相互尊重自由独立……确立大东亚之亲密和睦"——而创作和出版的[①]。日本主张,发动太平洋战争乃是为打破美英的经济封

---

①尾崎秀树《旧殖民地文学之研究》,劲草书房,1971年。

锁，确保资源和市场的"自存自卫"。但1941年12月对美开战之后，日本便取代英国、美国、荷兰等，成为东亚地区新的侵略者。1943年4月，由驻华大使[①]升任为日本外务大臣的重光葵预感到日本将会失去这场战争的胜利，只得宣称将促进亚洲独立解放作为战争的正面目标。于是日本先是在1943年1月将外国租界归还给南京政权，废除治外法权，接着又陆续支持了亚洲各国的独立。而这一系列的大东亚外交实践的总括和集成，便是稍后在东京举行的大东亚会议。

战后的太宰治与竹内好

战后，太宰治又相继创作了《斜阳》和《人间失格》等作品，后于1948年殉情自杀。竹内则致力于鲁迅及近现代中国文学的介绍和研究，陆续出版了《世界文学手册·鲁迅》(1948年)、《鲁迅杂记》(1949年)等鲁迅论著，以及《鲁迅评论集》(岩波新书，1953年)、《鲁迅作品集》(筑摩书房，1953年)等翻译作品，产生了很大影响，其鲁迅阐释甚至被称作"竹内鲁迅"。不过值得注意的是，从纵向角度看，竹内的鲁迅观前后变化很大。以鲁迅的代表作《狂人日记》为例，在较早的战

---

① 此系1940年成立于南京的汪精卫伪政权的"国民政府"。

争期间，竹内好认为该作品的价值并不在于白话文体或者反封建主题，而在于"通过这篇稚拙的作品，确立了某种根本性的态度"，即所谓"回心说"。但在1966年的《鲁迅作品集》解说中，先前的"回心说"却变成了《狂人日记》的创作来源于"鲁迅文学根本的、也是最重要的主题，即意在暴露中国旧的社会制度，特别是家族制度及作为精神支柱的儒教伦理的虚伪"。其前后变化之大令人瞩目。

竹内鲁迅论发生的质变，与1949年中华人民共和国的成立，即人民革命取得成功有着密切关系。在幕末以来的近百年里，日中两国曾经是共同取法欧美、致力于民族国家建设的竞争伙伴。但甲午中日战争（1894—1895）之后，在近代化竞争中占据优势的日本开始仿效欧美殖民主义，谋求进入中国，终致经过"九一八事变"发动了全面侵略中国的战争。1945年，日本成为战败国，并在1952年恢复独立之前一直处于美国的占领下。而中国在经历国共内战后，共产党赶跑了国民党，建立起"蔷薇色"的社会主义国家。至此，战前那种"先进日本—落后中国"的图式发生了逆转，社会主义的新中国在很多日本人眼里闪耀着光芒，以竹内好等一些中国文学研究者为主的日本人，对人民共和国抱有无限期待，极力赞美社会主义中国。想起来，这也算是对长达半个世纪以来蔑视和侵略之历史的逆反吧。

后来竹内好又陆续出版了《现代中国论》《国民文学论》等著作,以中国为借镜,展开对近代日本的一系列批判。就这样,竹内好在战后日本鲁迅研究领域的名气,使他在《鲁迅》(1944年)一书中塑造的那个苦恼于政治与文学之对立的鲁迅形象也在日本读书界广泛流传,并驱逐了太宰治《惜别》中那个富有个性、人情味儿十足、笑容满面的鲁迅形象。

六、多元化的鲁迅研究

竹内好：促进鲁迅的普及

战后处于美军占领下的日本，人们对中国人民革命的关注迅速高涨。这一时期，竹内好、松枝茂夫、小野忍、增田涉等原中国文学研究会的成员们，在鲁迅以及现代中国文学的介绍方面贡献颇丰。以竹内好来说，先是在战争中的1944年出版了《鲁迅》一书，1953年出版《鲁迅评论集》(岩波新书)，接着则是《鲁迅作品集》(筑摩书房)。这三本关于鲁迅的评论和翻译作品，使得竹内好在20世纪70年代之前一直被视为"日本鲁迅介绍第一人"。竹内好以外，其他几位中国文学研究者也占有非常重要的地位。竹内好的鲁迅论以鲁迅以及同时期中国为镜子，对日本的近代化和时代现状进行分析和批判，形成了一种独特的外国文学兼日本文化批评，被学界称为"竹内鲁迅"。竹内好与增田涉、松枝茂夫等合作编译的13卷本《鲁迅选集》(岩波书店，1956年。1964年出版增补改定版）为战后日本读书界的鲁迅普及做出了重大贡献。

丸山昇的《鲁迅：他的文学与革命》

1952年，东京大学文学部中国文学科的研究生及本科生组织成立了鲁迅研究会，研究会成员的尾上兼英、高田淳、伊藤虎丸、丸山昇、木山英雄等人，后来都成为著名的鲁迅研究者，取得了很多重要研究成果，丸山昇的《鲁迅：他的文学与革命》（平凡社东洋文库，1965年）就是其中之一。这本书充分吸收了竹内好、增田涉等前人研究成果，大量使用了中华人民共和国成立后（二十世纪五六十年代）出现的新资料，如周作人、许广平等人的回忆录等，从文学与革命的角度对鲁迅进行了深入考察。在日本的外国文学研究领域中，该书也成为鲁迅研究最早的代表性著作，被大家称为"丸山鲁迅"。除日本之外，这本书在中国大陆和台湾地区，乃至韩国都有很大影响。

另外，日本的鲁迅爱好者们还组织成立了如"鲁迅在仙台记录调查会""鲁迅之友会""鲁迅会"等民间学术团体和小组，编辑出版了《鲁迅在仙台的记录》（1978年）、《鲁迅之友会会报》（第1—69号，1954—1979年）、《鲁迅会会报》(第1—8号,1980—1984)等刊物。这些团体以及众多研究者在资料收集、实证考察以及学术评论等方面都做出了重要贡献,显示了日本鲁迅接受的广度和深度。

学研版《鲁迅全集》

20世纪80年代中叶由学习研究社刊行的日本版《鲁迅全集》全20卷(1984—1986),可谓日本鲁迅接受和鲁迅研究的集大成。这套《鲁迅全集》以人民文学出版社1981年版《鲁迅全集》为底本,由日本知名鲁迅研究者相浦杲、饭仓照平、伊藤虎丸、伊藤正文、今村与志雄、竹内实、立间祥介、丸山昇等担任编辑委员,举日本全国鲁迅研究者之力,将其完整翻译为日文。在注释方面,除了将中文版底本原有注释全部译成日文外,又根据日本读者的需要以及新的资料,增补了大量译注,这些译注得到中国研究界的高度评价。

另外,二十世纪八九十年代,日本出版了很多新的研究著作,其中不少被译成中文出版,日中两国研究者的交流呈现出繁盛局面。下面几种便给笔者留下了很深的印象。

近年的代表性研究成果

丸尾常喜《鲁迅:"人"与"鬼"的纠葛》(岩波书店,

1993）① 一书，深入到中国民俗和宗教层面，提出鲁迅的目的是要描写那些孤独寂寞的人们，他一面与自己内心深处的"鬼（亡灵）"进行搏斗，一面巧妙地借助传统的"鬼"的形象，成功创造出阿Q、孔乙己等人物形象。这部划时代的著作显示，继"竹内鲁迅"和"丸山鲁迅"之后，"丸尾鲁迅"也已诞生。北冈正子《日本异文化中的鲁迅：从弘文学院入学到"退学事件"》②（关西大学出版部，2001年）也是一本扎实厚重的著作。北冈发掘考证了大量新资料，包括弘文学院的文书、日本外交档案以及明治时期的各种报刊文章，就鲁迅赴日时间、路线、乘坐的轮船，鲁迅等肩负教育救国使命的留学生们所进行的国民性问题讨论，辛勤地从事留学生教育的嘉纳治五郎及弘文学院方面与中国留学生之间的矛盾等一系列问题进行了细致考察。

中岛长文《猫头鹰的声音：鲁迅的近代》（平凡社，2001年）聚焦鲁迅的留学体验，鲁迅与朱安的婚姻、与弟弟周作人的失和、与故乡友人范爱农的相遇及别离等，一一考证和

---

①中文版书名为《"人"与"鬼"的纠葛：鲁迅小说论析》（人民文学出版社，1995年）。
②台湾麦田出版于2018年6月出版该书中文版（繁体字），书名较原著略有变动，为《日本异文化中的鲁迅：从弘文学院入学到"退学事件"，青年鲁迅的东瀛启蒙》。

论述在鲁迅文学形成过程中产生过重要影响的关键人物与事件。书中的《孤星与独弦》一章尤其具有启发意义。在这一章里，中岛特别提出，明治时期的作家斋藤野人对鲁迅早期的浪漫派诗人论如《摩罗诗力说》等产生过很大影响。在具体考察的基础上，中岛指出，尽管鲁迅对斋藤野人的个性主义深感共鸣，但为了满足母亲的愿望，他还是尊奉母命与并无爱情的朱安女士结了婚。中岛慨叹，恰恰因此——"只有建立在自由意志和自我认可基础上的恋爱，才能走向真实而神圣的婚姻"——斋藤野人在论述易卜生时所说的这番话，必定给予鲁迅极大的震撼。

七、鲁迅文学的日译

如何呈现鲁迅的文体和思想

在日本,包括中国和其他国家在内,鲁迅首次被媒体报道已是100年前(1909年)的事情。接下来,就到了1922年6月,鲁迅的弟弟周作人首次将鲁迅的《孔乙己》翻译成日文,发表在北京的日文周刊杂志上,这也是世界上最早的鲁迅作品翻译。此后,鲁迅作品陆续被译为日文发表出版。如今,从岩波文库到光文社古典新译文库,各种主要文库都收入了鲁迅作品集,20卷本的全译本《鲁迅全集》(学习研究社)也已刊行。这显示,日本已经形成了长达百年之久的鲁迅阅读传统。

然而,以往的鲁迅日文翻译还存在一些问题,最主要的是没能够很好地呈现鲁迅的文体和思绪特点。针对外语翻译这一文化行为,美国翻译理论家劳伦斯·韦努蒂(L.Venuti)从 domestication 和 foreignization 两方面进行了分析。所谓domestication，是指外国语及外来文化的本土化，而foreignization则指翻译的源语化、外国化。在中国学界人们分别将这两者译为"归化"和"异化"。如果用这两个概念来表述鲁迅作品的翻译，则可以说，"归化"是指鲁迅文体以及现代中国文化的日本本土化；反之，"异化"则指作为翻译目的语的日语及日本文化的鲁迅化和中国化。回顾日本以往的鲁迅翻译，总体上归化的倾向比较明显，尤其是竹内好的翻译具有强烈的本土化特征。

竹内翻译的问题所在

在竹内好的鲁迅翻译中，岩波文库《阿Q正传·狂人日记》1955年11月第一版和1981年2月改译版流布时间最长，传播也最为广泛。竹内个人翻译的六卷本《鲁迅文集》（筑摩书房）于1976—1978年刊行后，岩波文库根据该文集第一卷出版了《阿Q正传·狂人日记》改译版。新版的印次承接旧版，所以新版刊行时显示第32次印刷，到了2007年11月则达到了80次。另外，《鲁迅文集》也于1991年被收入筑摩文库。

岩波文库改译版对旧译版进行了"根本性"修改，但仍然存在"归化"倾向。第一，与原文相比，竹内译文使用的句读多于原文数倍，原文多达数行的长句通常被断为数个短句,但实际上使用曲折错综的长句来表达复杂交错的思考内容,原本是鲁迅文体的一个主要特征,把长句置换为几个短句,使鲁迅那种原本充满迷茫苦恼的思索变得相对简略和明快。以《阿Q正传》开头一段为例:

> 我要给阿Q做正传,已经不止一两年了。但一面要做,一面又往回想,这足见我不是一个"立言"的人,因为从来不朽之笔,须传不朽之人,于是人以文传,文以人传——究竟谁靠谁传,渐渐的不甚了然起来,而终于归结到传阿Q,仿佛思想里有鬼似的。

鲁迅的原文有两个句子,111个字,如果按照原文体翻译,应该是这样:

> 僕が阿Qのために正伝を書こうと思ったのは、二年以上も前のことである。しかし書きたいいっぽうで、後ろ向きに考えてしまい、このことからも僕が「不朽の言」を立てるような人ではないことがよくわかろうというもの、なぜなら古来不朽の筆は不朽の人を伝えるべきで、かくして人は文により伝わり、文は人によ

り伝わる—となると、いったい誰が誰によって伝わるのか、しだいにわけがわからなくなり、結局は阿Qを伝えようということにたどり着くのだから、頭の中にお化けでもいるかのようである。

（两句231字。藤井译《故乡・阿Q正伝》，第70页）

岩波文库旧译版的竹内译文却是这样的：

　　私が阿Qのために正伝を書こうという気になったのは、もう一年や二年のことではない。しかし書こう書こうと思いながら、つい気が迷うのである。それというのも、私が「その言を後世に伝うる」底の人ではないからである。なぜというに、昔から不朽の筆は不朽の人を伝すべきものと決っている。さればこそ人は文によって伝わり、文は人によって伝わる—というわけだが、そうなると一体、誰が誰によって伝わるのかが、だんだんわからなくなってくる。そしてしまいに、私が阿Qの伝を書く気になったことに思い至ると、何だが自分が物の怪につかれているような気がするのである。

（1969年4月第20次印刷，第97页）

竹内的翻译将鲁迅原文的两个句子分割为六个句子,原文呈现的错综复杂的思绪随之变得明快整饬,译文字数也变成原文的2.4倍,多达267字。这也显示译者试图保留鲁迅的饶舌体特征。到了后来的改译版,译者又进行了改动。

> 私が阿Qの正伝を書こうと思い立ってから、もう一年や二年ではない。しかし書きたい一面、尻込みもする。どうやら私など「言論で後世に不朽の名を残す」柄ではないらしい。というのは、昔から不朽の筆は不朽の人の伝記を書くもの、と相場が決っている。こうして人は文によって伝わり、文は人によって伝わる—となると一体、誰が誰によって伝わるのか、だんだんわからなくなる。それでも結局、阿Qの伝を書くわけだから、なにか物の怪にでもつかれているのかもしれない。
>
> (1981年2月第32次印刷,第100页)

改译版依然是将原文的两个句子分割为六个句子,但将字数压缩到219字,比旧译版减少了约20%。但与此同时,饶舌体的特征也基本消失了。这样一来,由叙事者"仿佛思想里有鬼似的"恐惧所感受到的对阿Q的共鸣,也不免淡薄了许多,读者对为何要专门为阿Q这样愚笨平庸的人写传的好奇也有所减弱。

"希望是本无所谓有,无所谓无的。这正如地上的路;其实地上本没有路,走的人多了,也便成了路。"这是《故乡》结尾的名言。正是以这一思考为前提,鲁迅通过小说的叙事者表达了对侄子宏儿与闰土的儿子这新一代的期待和复杂感情:"我又不愿意他们因为要一气,都如我的辛苦展转而生活,也不愿意他们都如闰土的辛苦麻木而生活,也不愿意都如别人的辛苦恣睢而生活。"

> 彼らが仲間同士でありたいがために、僕のように苦しみのあまりのたうちまわって生きることを望まないし、彼らが閏土のように苦しみのあまり無感覚になって生きることも望まず、そして彼らがほかの人のように苦しみのあまり身勝手に生きることも望まない。
>
> (藤井译,第68页)

鲁迅的原文是个长句,有57字,竹内改译版的译文看上去照旧明快整齐。[①]

[①] 原文为"75字",疑作者笔误。

> かれらがひとつ心でいたいがために、私のように、むだの積みかさねで魂をすりへらす生活を共にすることは願わない。また閏土のように、打ちひしがれて心が麻痺する生活は共にすることも願わない。また他の人のように、やけをおこして野放図に走る生活を共にすることも願わない。

（同前，第98页）

"……願わない。……願わない。……願わない"，竹内好用句号将一个长句子变成三个整齐的短句，虽然从汉文训读的角度来看的确是上口易读，但却未必能贴切地传达叙事者的苦恼烦闷。以曲折的长句传达和表现迂回复杂的思想，素来是鲁迅文体的一大特点，但竹内的翻译却将长句分解为几个短句，把曲折迂回复杂的鲁迅文体变成了一种明快的日语文体。或者可以说，竹内为适应从战后民主化走向经济高速发展的日本读者的喜好，将鲁迅那种挤压在传统与近代之间的曲折文体进行了本土化处理。

大胆的意译

竹内翻译本土化倾向的第二个表现，是大胆的意译。以名作《故乡》中"我"与少年时代的伙伴闰土重逢的场面（见拙译《故乡·阿Q正传》第62—63页）为例，当"我"叫道："阿！闰土哥，——你来了？……"闰土一瞬间迟疑了一下，嘴里说出的却是"老爷！……""我"听了不禁吃惊。闰土又让身后的老五给"老爷"磕头问安，那孩子分明"正是一个廿年前的闰土"。这时，"我"的母亲出现了，她高兴地对闰土说："阿，你怎的这样客气起来。你们先前不是哥弟称呼么？还是照旧：迅哥儿。"

开头的一句，旧译版译为"これこそ、まさしく二十年前の閏土であった。"改译版则改为"これぞまさしく三十年前の閏土であった。"竹内还加了一条译注，"此处原文为二十年，但前面写三十年前与闰土相遇，故订正。因俱为概数，故二十年前亦不算错"。接下来是闰土介绍自己的儿子的场面，这也是一个长句子。

　　彼の陰に隠れていた息子を引っぱり出したが、それこそまさに二十年前の閏土であり、ただ顔色がやや黄色くやせぎみで、銀の首輪もかかっていなかった。

这一段描写，将"我"记忆中的二十年前闰土的样子又向前追溯了十年，写到三十年前与闰土的初次相会。这里描绘了闰土的样貌细节，并巧妙刻画了"我"记忆苏醒的过程。竹内的改译版是这样翻译这一段的：

> かれの背に隠れていた子どもを前へ出した。これぞまさしく三十年前の閏土であった。いくらか痩せて、顔色が悪く、銀の首輪もしていない違いはあるけれども。

这一段同样是一个长句，但竹内的译文用了三个句读，把一个句子变成了三个句子。这样一来，"我"的记忆——少年时代有关闰土的十年记忆，成人分手后的二十年忘却，眼下的重逢——的复杂交错也就打了不少折扣。

鲁迅文学原点的迷失

在《故乡》中，闰土比叙事者"我"年长，"我"称其为"闰土哥"。"哥"者兄也。所以日语应译为"閏兄ちゃん"。而在少年时代，"豆腐西施"杨二嫂和闰土，都叫"我""迅哥儿"。好比鲁迅将夏目漱石的《坊っちゃん》译为《哥儿》一样，一个称呼一个被称呼，后者的叫法给人以亲近感，又可以显示身份的差异。因而"迅哥儿"似可译为"迅坊っちゃん"。

《故乡》中使用"哥"这个称呼,一方面是显示叙事者"我"与闰土年龄差异,另一方面又显示二人的身份差异。杨二嫂叫叙事者"迅坊っちゃん",既是在提示读者二人身份不同,也是在暗示"我":您是有钱的富人,赏我们一点吧!所以她才堂而皇之地拿走周家的东西。另外,"我"与"闰土"在少年时代本就不是平等的朋友伙伴关系,闰土的一声"迅哥儿"已在清楚地显示着两人身份有别,而20年后重逢的时候,闰土的一声"老爷"则更明显而强烈地呈现了两人身份的高低贵贱。

另外,和夏目漱石的《坊っちゃん》一样,鲁迅用"迅哥儿"称呼叙事者,似乎也是在暗示主人公尚未成熟的青涩。在小说里,叙事者"我"给人的印象仍旧是一个没有妻儿、从远方回来搬家告别故乡的单身男人,似乎一直处于一种犹豫迷惘的状态,显然他还是一个尚未成熟的大人。或许鲁迅是要通过这样一个形象,反映20世纪20年代民族国家建设正处于艰难时期的中国社会吧。在《祝福》《在酒楼上》等其他作品中出场的叙事者都有类似特点。

竹内好没有区分"哥"与"哥儿",旧译版和改译版都译作"闰ちゃん"和"迅ちゃん"。这或许是译者为了适应战后日本实行农村土地改革、地主制度废除、身份差距缩小的社会状况，而特意实行了"归化"式的翻译处理吧。不过无论如何，竹内好的这种大胆意译，对原著作者鲁迅来说终究是少了一点敬意。

通过大胆意译和分节断句的翻译文体，竹内好成功实现了鲁迅文学于战后日本的本土化，中学教科书也将鲁迅作品作为国民文学进行处理。在这个意义上说竹内好的功劳的确很大。但另一方面，竹内的翻译也失去了鲁迅文学的原点，即在否定传统的同时，对现代抱有深深的疑虑和彷徨。

受众广泛的作家

在初级中学国语教科书方面，教育出版社的国语教科书于1953年首次将《故乡》收入初中国语教科书。随后又相继有1966年光村图书、1969年三省堂和筑摩书房，日中邦交恢复后的1972年又有学校图书和东京书籍的教科书分别收录了《故乡》，并一直持续到今天。由于日本中学国语教科书全部出自这五家出版社（筑摩书房数年后退出教科书出版），这就意味着30多年以来，几乎所有的日本人都在中学阶段读过《故乡》。可以说，在世界范围内，还很少有人像鲁迅这样在自己的祖国之外，成为近于国民作家的存在。

少年时代，大江健三郎通过母亲邂逅了鲁迅文学，即使在进入东京大学文学部法国文学专业以后,他也依然保持着对鲁迅的浓厚兴趣。

大学时代,我学习法国文学,尤其钟情萨特,我还开始进行小说创作。但鲁迅于我一直是一个伟大的存在。我将鲁迅与法国文学进行比较后,对世界文学中的亚洲文学充满信心。当我与包括自己在内的日本作家或和解或对抗时,鲁迅一直是我的一个重要参照系。直到今天,在我的心中鲁迅仍是一种批判的标准。

20世纪30年代"四国的一个小村庄"里的年轻女人所喜爱的鲁迅文学,在战后为她的诺贝尔文学奖获得者的儿子所继续阅读,并在21世纪的日本继续拥有大量读者。在此意义上,阅读鲁迅,也就是阅读今日之日本。

第八章
东亚与鲁迅

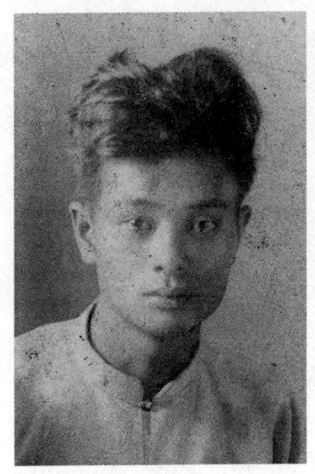

台湾无产阶级文学的领袖杨逵(1905—1985)

一、共同的现代经典

多维复合结构的历史背景

从战前到战后,除了中国大陆本土之外,无论在中国香港、台湾,还是在新加坡或韩国,鲁迅一直为东亚读者所阅读。回顾历史,东亚的20世纪其实正是由多元性社会实践所构成的历史。如日本,由帝国主义国家形成开始,经历战败及美军占领,最终重生为民主国家;韩国在经历殖民地和军事独裁之后,也成功转型;香港则由殖民地回归中国大陆;新加坡在1965年独立后也建设成为一个城市国家。

在如此多样的历史背景下,东亚各国和地区的读者一直从各自不同的角度阅读和阐释着鲁迅。在中国香港,既有鲁迅于YMCA[①]演讲留下的足迹,更有战后香港电影人将《阿

[①] YMCA,为"香港中华基督教青年会"(Chinese YMCA of Hong Kong)的简称。后同。

Q正传》改编成电影;而在战前的中国台湾和韩国,独立运动家们逃亡中国大陆,在北京、上海等地用北京话阅读鲁迅,或者去直接拜会鲁迅当面求教,而在他们的故乡,岩波文库《鲁迅选集》、改造社版《大鲁迅全集》等日文版鲁迅作品的流布,也为鲁迅文学的传播做出了重要贡献。

通过比较鲁迅接受的不同面向,我们可以更加明确地理解东亚的多样性与共同性。鲁迅文学已然成为东亚的现代经典。

二、创造性改编:香港与鲁迅

三次访港

包括1927年2月的YMCA演讲在内,鲁迅曾三次访问殖民统治下的香港并各自逗留数日。他在谈论香港的一组杂文中记述了自己的见闻,如香港的英人和华人统治阶层害怕中国本土的国民革命,而鼓吹儒教;如华人海关检查人员索要贿赂不成,便将鲁迅的行李翻得乱七八糟,等等。鲁迅不禁为中国的将来而忧虑。

> 香港虽只一岛,却活画着中国许多地方现在和将来的小照:中央几位洋主子,手下是若干颂德的"高等华人"和一伙作伥的奴气同胞。此外即全是默默吃苦的"土人",能耐的死在洋场上,耐不住的逃入深山中,苗瑶是我们的前辈。(《再谈香港》)

重现上海之繁荣

1941年12月，太平洋战争爆发，很快，香港便被日本军队占领。1945年日本战败投降后，尽管国民党政权主张中国拥有香港主权，结果还是被英国抢先占据，香港的殖民地统治再度复活。此后，在很短的时间里香港便实现了惊人的经济恢复和发展，日本占领时期香港人口曾减少到60万，但到了1947年已经达到180万。国共内战之后，1949年共产党统一大陆，大量人口涌入香港。仅两年多的时间里，香港人口便增加了50多万。这些人中包括很多由上海移居来的资本家、工程师、技术工人、文化人士乃至黑社会组织成员。到了20世纪50年代，香港已由原来的中继贸易港发展为工业和金融都市，再现了昔日上海的繁荣。

尽管香港处于英国的殖民统治之下，但从1949年中华人民共和国成立到1988年的四十年间，无论是传统文化的鼓吹者，还是反对左翼的派别，抑或中共派，都一直通过"边缘性"的香港这个中继平台，或向中国内地或向台湾传播信息。香港还引进中国内地和台湾双方的电影，为观众提供了一个在银幕上进行左右抗争的舞台。

自由的近代人性观

继上海之后成为新的"电影之都"的香港,曾将两篇鲁迅小说搬上银幕。通过从小说到电影的改编形态,我们可以看到战后香港鲁迅接受的一些特征。1957年,香港导演袁仰安将《阿Q正传》改编并拍摄为电影,中国内地则晚于香港,直到1981年才由导演岑范拍成电影。在鲁迅的原作和大陆版电影中,阿Q与吴妈之间并没有爱情,吴妈一听到阿Q说他想和自己困觉时,立刻惊恐万状,哭着跑掉了。在这里,吴妈显然还是一个传统的中国女性。

而在香港版电影里,阿Q只是在心里念叨"俺想和你困觉",实际上却没有说出口。当阿Q突然跪倒在自己面前时,吴妈居然瞬间露出了迟疑的神情,但当她看到年轻的少爷就在后院时,这才大声地叫了起来。也就是说,吴妈的内心并非想拒绝阿Q的爱情,但她害怕人们的闲话,于是只能做出遭到阿Q调戏了的样子而喊了起来。香港版对原作进行了创造性改编,不仅表现了阿Q的本能欲望,同时透露了中年寡妇吴妈和阿Q一样渴望爱的一面,显示了香港人自由的近代人性观。

1994年,鲁迅的另一篇小说《铸剑》由北京电影制片厂和香港电影工作室联合改编并拍摄为同名电影。影片导演为内地的张华勋（1936—），香港电影导演徐克（1951—）担任制片人。在香港新潮电影导演中，徐克以擅长运用高科技闻名影坛，他曾改编拍摄过《白蛇传》及《梁山伯与祝英台》等古典作品。《铸剑》原本是鲁迅根据魏晋志怪小说《列异传》《搜神记》中眉间尺复仇的传说改编的现代小说，而徐克又将鲁迅的小说改编为电影。

电影的主角是一个来历不明的"黑衣男子"，他是铸剑工坊的头儿，曾受楚王之命杀死工坊的铸工们，为此他帮助少年眉间尺完成了暗杀楚王复仇的使命。但意外的是，在影片的结尾，楚王死后又来了一个更加残忍的君王，铸剑工坊也重新开工铸剑，暗示着独裁体制的循环往复。这种改编方式，显示了体验过政权更迭的香港人的政治观。电影画面整体散发着徐克作品所特有的浓郁的荒凉气氛，令人回味不已。

在号称香港岛餐厅街的士丹顿街东侧的必列者士街上，至今仍矗立着鲁迅曾经住宿并做过演讲的红砖建筑YMCA。

三、民主化前后：台湾与鲁迅

两条接受脉络

台湾被割让给日本之后，日本将近代国家的国语制度带入了台湾。1895年以后，特别是在殖民地统治的初期，台湾人民曾对此进行过抵抗。但后来，尤其是1937年全面侵华战争爆发以后，日本强化了台湾全岛的日本语运动，到1943年年末，已有近60%的台湾岛民能够听懂看懂日本语。全岛规模的语言同化，促进了台湾岛民的日本化，而全岛共通的"国语"也促进了整个台湾共同意识的形成。这种意识超越了诸种方言与血缘、地缘所形成的各种小型共同体意识，可以说是"台湾民族主义"的萌芽。

战前台湾的鲁迅接受有两个脉络。第一个在是20世纪20年代，张我军（1902—1955）等人在汉文报纸《台湾民报》上刊载《阿Q正传》，以及鲁迅翻译的爱罗先珂童话等作品。

进入30年代中叶后，台湾的日本语阅读市场开始形成，台湾人阅读岩波文库的鲁迅作品以及《大鲁迅全集》，并将其作为日本语文学创作的食粮。在龙瑛宗（1910—1999）的处女作《种着木瓜树的小镇》（1937年）里，身患肺病余生无多的青年向人倾诉，"佐藤春夫翻译的鲁迅的《故乡》让我深受感动。……不论怎样吃苦，我就是想要读书。我想读鲁迅的《阿Q正传》、高尔基的作品，还有摩尔根的《古代社会研究》"。在台南的"国立"台湾文学馆保存的龙瑛宗藏书中，便有《大鲁迅选集》。全集第一卷的内封上还留有赠书人以及其他在场者的签名。当时龙瑛宗的《种着木瓜树的小镇》获得了《改造》杂志社小说征文的佳作推荐奖，这套全集大概就是朋友们为祝贺他得奖而送给他的吧。

无产阶级文学领袖：杨逵

台湾无产阶级文学领袖杨逵（1905—1985。见本章篇章页），生活极度贫困并罹患肺结核，同时还经常受到台湾总督府的监视迫害，1937年因欠债20圆被米店告上法庭，陷入极端困境。后得益于台中当地警察官入田春彦送给他100圆钱（相当于两个月的工资），摆脱危机。入田是一名"赤色警官"（左翼转向者），次年自杀身亡，他曾留给杨逵一套《大鲁迅全集》，引导他阅读和接受鲁迅。1934年，杨逵发表用日文创作的处女作小说《送报夫》，正式进入文坛，该小说后由鲁迅弟子胡风译为中文，收入上海刊行的《弱小民族小说选》。

鲁迅在战后台湾

1945年日本战败后，台湾由大陆的国民党政权接收。除台湾当地少数民族之外，95%的台湾岛民都是与大陆人同宗的汉民族。但身受日本殖民统治长达50年之久的经历，使他们不可避免地对大陆人产生了某种疏离感。当时台湾的"国语"普及率以及小学就学率比大陆高出一倍；大陆还存在很多前近代的农业社会残遗，而台湾已成为工业生产过半的工业社会。这种文化和社会的疏离感，再加上国民党政府管理不力乃至出现暴政，台湾终于爆发了遍及全岛的反国民党武装起义，史称"二二八事件"。

日本战败后，国民党将军陈仪率军接收台湾并担任台湾省行政长官。这位陈仪既是鲁迅的同乡，也是鲁迅留学东京时期的同窗。陈仪接收台湾后，试图通过语言一元化（普及北京话）重构台湾文化，进而实现台湾社会的一元化（中国化）。陈仪将这一工作托付给鲁迅的好友许寿裳，任命他为台湾省编译馆馆长。许寿裳认为，要想重构台湾文化，就需要在台湾搞一场"五四运动"，光大主张民主、科学、道德和民族主义的鲁迅精神。杨逵曾以中日文对照的形式翻译并出版过《阿Q正传》等五篇鲁迅作品，他还发表用日文写成的鲁迅评论文章，赞扬鲁迅是与反动势力及保守主义"不挠不屈"战斗的文学家。在战前的台湾，鲁迅是一位伟大作家，而战后伴随着台湾回归祖国，鲁迅也成为中国大陆与台湾重新统合的象征，成为整个中国现代化及民主化的象征。

"鲁迅心结"

"二二八事件"（1947年）后，许寿裳遭到国民党暗杀，杨逵被判刑入狱12年，到了1949年5月，国民党又下达戒严令，台湾进入戒严状态，包括鲁迅作品在内的民国文学几乎全部成为禁书。国民党一方面规定北京话为"国语"，强制台湾人讲北京话以取代日语，但另一方面又查禁创造了"国语"的"现代文学之父"鲁迅的书，批判鲁迅的《反鲁文人》等书籍也见之于世。然而禁止鲁迅文学的结果反倒形成了一种当局越禁人们越关心的文化现象，可谓之"鲁迅心结"。

以著名的姊妹作家施叔青（1945—）和李昂（1952—，原名施淑端）为例，姐妹两人都生长于台湾中部的古城鹿港，关于鲁迅的读书体验却不尽相同。姐姐施叔青于1958年进入彰化女子中学读书，17岁时在白先勇等人主编的文艺杂志

施叔青(2002年)　　　李昂与笔者(1992年)

《现代小说》发表处女作短篇《壁虎》,1969年出版第一本小说集,开始在文坛崭露头角。在台北的淡江文理学院毕业后,她与一个美国男子结婚,后移居香港。在香港,她创作了长篇历史小说《维多利亚俱乐部》,描写战后香港的历史,1997年迁居台北后,出版了历史小说"台湾三部曲"。施叔青从中学时代开始便喜爱莎士比亚、托尔斯泰、罗曼·罗兰以及张爱玲等作家,她还曾躲在家里偷偷阅读家里秘藏的鲁迅小说,并受到很大影响。那是战后台湾出版的大开本的《狂人日记》,书上满是虫蛀的痕迹,据说那是比她年长二十岁的哥哥在台湾实施戒严以前购买的。

跟姐姐一样,妹妹李昂也从中学二年级开始写小说,高一在报纸上发表处女作《花季》,从此登上文坛。1970年,李昂考入台北文化大学哲学系。1975年赴美国奥立冈大学留学，攻读戏剧硕士。1978年回到台北，继续从事文学创作。1982年发表了问题小说《杀夫》。1991年又有《迷园》问世，因大胆的性描写引发了众多议论。2000年出版《自传的小说》，描写一位女性最终成为台湾共产党最高领袖的一生。李昂的作品影响很大，在现代世界文学中也广受瞩目。

曾有一个时期，李昂特别想了解民国时期的中国到底有过怎样的文学，于是她利用赴美留学前在加拿大温哥华的半年时间，每天泡在不列颠哥伦比亚大学图书馆，翻检阅读了二十世纪二三十年代的中国文学。她喜欢鲁迅，喜欢巴金的《寒夜》（1947年），还喜欢女作家萧红（生于哈尔滨，日本在东北地区建立傀儡政权"满洲国"后逃往上海，深得鲁迅的提携。太平洋战争爆发后日军占领香港，不久萧红病逝。代表作有《生死场》《呼兰河传》）。李昂认为茅盾的作品以及赵树理的农村题材小说不如想象中好，尽管描写非常现实，但艺术水准欠佳。从少女时代直到赴美留学，李昂的经历和姐姐非常相似，但她说不记得自己在家里读过鲁迅的作品。

第八章　东亚与鲁迅

关注渐趋淡薄

凭着一股不屈不挠的精神,台湾人一步步实现了民主化,也实现了经济的快速发展。1987年,台湾当局解除戒严令,民主化运动进一步高涨。在这一背景下,1989年,台湾出版了21卷本《鲁迅作品全集》等三种鲁迅全集。进入90年代后,民众对鲁迅的关注有所减少。

四、"狮城"的特性：新加坡与鲁迅

何为新加坡

新加坡由梵语"Singapura"之谐音而来，意为"狮城"。新加坡自古以来便以贸易港口著称，1819年，英国不列颠东印度公司雇员斯坦福·莱佛士来到新加坡，开始进行殖民地建设。新加坡由此开始成为英国统治马来半岛的据点，并逐渐发展为国际贸易港。新加坡人口中的大部分为来自世界各国的移民，包括欧洲、印度、马来等国，华裔移民也很多。新加坡也是华侨移居东南亚的中转站。太平洋战争爆发后，驻守新加坡的英军很快便向日军投降。由于华侨义勇军一直坚持抗战，日军在占领新加坡后杀害了大批华侨。战后，英国重新恢复对新加坡的殖民统治，共产党游击队曾展开抵抗。但新加坡的独立自治倾向逐渐加强，1963年，新加坡脱离英国统治加入马来西亚联邦，1965年又脱离马来西亚成为独立国家。新加坡的国土面积约有650平方公里，目前人口约有 316 万；而日本东京的面积是 2187 平方公里，人口 1155 万。

与时俱变的鲁迅评价

在新加坡与马来西亚文坛，早在 20 世纪 20 年代，鲁迅的名字便已经为人知晓，而在他处于左联指导者地位的三十年代，鲁迅乃左翼无产阶级革命文学家也成为新马文坛的共识。形成这种状况的原因之一，是 1927 年"四一二"反革命政变后，一部分中国左翼知识分子转移到新加坡、马来西亚，他们的传播和宣传影响了新马文坛对鲁迅的认知。1927 年，在中国共产党的支援下，南洋共产党成立，三年后发展为马来亚共产党。他们发动工人运动并渗透到新闻文化机构，将鲁迅作为对抗英国殖民地当局的文化英雄，并将其偶像化。战后，马来亚共产党正式提出打倒英国殖民地当局、"建设马来亚共和国"的口号，左翼新闻工作者弘扬鲁迅的反帝国主义反殖民地主义精神，并筹办了大规模的鲁迅纪念会和文艺晚会。

新加坡大学教授王润华以原为英国殖民地的美国、澳大利亚、新西兰等国的白人作家为例指出，这些作家与试图将英国古典文学作为价值基准的英国霸权文化进行博弈，终于创造出属于自己的具有地域性和独立性的文学传统;而在新加坡、马来西亚的华文文学领域,被左派神话的鲁迅已经成为一种"霸权文化"。南洋的作家们长久以来一直致力于学习和模仿以鲁迅为中心的五四新文学,直到20世纪60年代后半,由于调整和去除了中国文学的规制,他们才终于有了面向本土探求文学的题材和形式的更多可能。

五、脉脉相承的"鲁迅阅读"传统：朝鲜、韩国与鲁迅

朝鲜语译本：世界最早的鲁迅翻译

战前的朝鲜半岛、战后的大韩民国，是可与日本比肩的、接受鲁迅最早最深最广的国家。在朝鲜媒体上最早介绍鲁迅的，是中国文学译介者梁白华（1889—1944）。他于1920年翻译发表了青木正儿的《以胡适为中心：汹涌澎湃的文学革命》一文。当时朝鲜知识分子正在遭受日本的殖民统治，因此对于中国试图努力摆脱半殖民地状态、建设民族国家的努力，具有特别的理解和共鸣。

1927年8月，《狂人日记》被译成朝鲜语发表，成为鲁迅最早拥有朝鲜语译文的作品，译者是移居北京的朝鲜人柳树人，据说此人曾与鲁迅见过面。鲁迅作品中，《孔乙己》最早被译成日文，译者是周作人，1922年6月发表于北京的日文周刊杂志。

而在日本国内,第一个被翻译成日语的则是1927年10月发表的《故乡》。因此,说到外国人翻译的鲁迅作品,朝鲜语翻译是世界上最早的,比日本早了两个月。

以鲁迅为自我批判的参照视角

到了20世纪30年代,朝鲜半岛又相继翻译和发表了《阿Q正传》《故乡》等作品,译者都是在中国留过学或居住过的文学青年。这一时期,丁来东也加入到翻译阵营中,他于1931年在《朝鲜日报》发表文章介绍鲁迅,称鲁迅是左倾化的"无产阶级思想家",但同时却没能理解鲁迅文学形成的曲折过程。另一位是毕业于京城帝国大学文学部支那文学科的文学史研究者兼著名革命家金台俊(1905—1949),他主要介绍普罗文学,说《阿Q正传》是"极富幽默色彩的写实主义作品",并介绍了故事梗概,但没有详细的评论。

1934年,正在中国流亡的申彦俊发表了长篇鲁迅采访记,他这样描述鲁迅文学所具有的强烈批判精神——"他是一个特别的医生。他手持手术刀,只要是他遇到的人便一个不漏,连麻醉药也不用,便为这些人解剖患部。"申彦俊还说,鲁迅对软弱的知识阶级进行了批判,提出"只有完成世界××[当为'革命'二字?],弱小民族才能获得解放"。在这篇文章中,作者为朝鲜读者描绘了一个作为典型的左翼革命家的鲁迅形象。尽管这篇《鲁迅访问记》主观色彩比较浓厚,但其以鲁迅为参照视角进行民族自我批判的思路,最终成为朝鲜鲁迅接受的原型。

1936年10月鲁迅逝世之际,以"青葡萄诗人"或"旷野诗人"闻名的李陆史,在《朝鲜日报》上连载了《鲁迅追悼文》。文章回忆自己于1933年6月在杨杏佛(遭国民党暗杀的知识分子,1893—1933)葬礼上与鲁迅相识,指出要理解鲁迅必须首先理解《阿Q正传》,因为朝鲜士大夫曾在数百年间深受朱子学意识形态影响,明朝灭亡后,他们自诩为"小中华",认为自己才是古代正宗"中华"的继承者。殖民地时代的朝鲜知识分子深刻意识到这种传统已经成为朝鲜近代化的障碍,他们比中国人更加强烈地感受到"阿Q"的毒害。

鲁迅对朝鲜文坛创作的影响

申彦俊和李陆史等人对鲁迅的一系列评论,很快就对朝鲜作家的创作产生了影响。朝鲜近代文学的草创者李光洙(1892—?。1950年朝鲜战争中遭北朝鲜绑架,在押解北朝鲜途中病逝)从殖民地民众身上看到了阿Q的影子,1936年8月他在日本《改造》杂志发表以"朝鲜阿鬼"为主人公的短篇小说《万爷之死》，1939年又根据自己长达半年的看守所经历写就的《无明》，满怀悲哀地刻画了看守所中的刑事囚犯们。在殖民地统治末期，迫于总督府的压力，李光洙迫不得已"对日协力"，为此他曾和自己的后辈金素云（1907—1981）讲过，"我就像阿Q一样混蛋"。显然，他为自己成为"阿Q式的知识分子"而痛苦自责。

金史良（1914—1950）也是殖民地末期的一位作家，曾在1940年入围芥川奖。作为一位双语作家，他的日语作品和朝鲜语作品，所聚焦描写的都是朝鲜民众的苦难现实以及朝鲜知识分子的内心世界。在短篇《Q伯爵》（1941年）中，主人公Q伯爵的父亲是一位被日本皇室授予爵位的殖民地地方长官，Q伯爵因怨恨父亲，索性想进监狱，故一再宣称自己是无政府主义者，结果屡次被当作思想犯抓进看守所。有一次他喝得酩酊大醉，不知不觉随着难民和移民的人流登上了开往"满洲"的难民列车，他喃喃自语，"和下层民众坐在一起，驶向同一个方向，便觉得自己好像得到了拯救一样"。这个像阿Q一样"具有零余者特征的殖民地知识分子"因此获得了新生。

战后，在日朝鲜人接续了战前的鲁迅读书传统，并且孕育产生了金石范（1925—）的中篇小说《万德幽灵奇谭》

（1970年）等作品。

民主化运动者眼中的鲁迅

战后，朝鲜半岛南北分裂。南方的韩国处于美国的保护之下，1948年李承晚建立独裁政权。1960年，韩国民众和学生发动四月革命推翻了李承晚政权。不料1961年5月韩国军部发动政变，1971年朴正熙总统宣布国家进入紧急状态，次年建立起维新政权，并开始主导推进韩国进入经济高速发展的轨道。但另一方面，南北分裂以及社会矛盾日益加深，学生及工人的反独裁运动不断爆发。1979年朴正熙遭到暗杀，之后1980年的全斗焕和1987年的卢泰愚军事独裁政权继续实施统治。在这种情形下，正如"光州事件"①所表现出来的那样，学生和民众不屈不挠地坚持民主化斗争，终于在80年代末实现了国家的全面民主化。

在二十世纪七八十年代的民主化运动中，批评家李泳禧

---

① "光州事件"，指1980年5月发生于韩国全罗南道光州市的学生及市民暴动事件。1979年10月"朴正熙暗杀事件"发生后，韩国国内的民主化运动日益高涨，同年12月，全斗焕将军发动军事政变夺取国家政权，并于1980年5月17日发布全国戒严令，同时逮捕金大中等在野党政治家，展开对民主化运动的镇压；18日，游行示威队伍与军队发生冲突，遭到戒严军队的武力镇压，共有近200人死亡，2000人被捕。

(1929—2010)发挥了先导性作用。他曾这样讲述鲁迅对自己的影响:"如果说我对这个社会的知识分子和学生们有过一点影响的话,那也不过是因为我间接地向他们传递了鲁迅的精神和文章。"

文艺批评家任轩永(1941—)在70年代后期参加地下活动,经历过四年牢狱生活,他也说,真正对鲁迅"产生兴趣是在大学时代,通过日文译本。河出书房版《世界文学全集》第47卷鲁迅卷是竹内好先生翻译的,我尤其喜欢其中的《铸剑》。为了铲除独裁者不惜牺牲自己的生命,这种极端方式的斗争,我觉得非常痛快,直到今天我依然把这篇作品作为必读篇目推荐给学生"。

绵延不断的传统

20世纪90年代,在已经实现了民主化的韩国,鲁迅已经成为韩国大学入学考试论述题的主角,显示了鲁迅在韩国的重要程度。在文学界则有新设立的"鲁迅文学奖"。1998年,长篇大河小说《太白山脉》的作者赵廷来成为第一届获奖者,后来这部长达十卷的作品在日本也翻译出版。赵廷来在获奖致辞中说:"很久以来,鲁迅都被视为文学的模范,现在有幸获得以鲁迅命名的文学奖,我觉得无比光荣。"总之,韩国的

"阅读鲁迅"的传统始于殖民地时代,绵延至今。

韩国的鲁迅研究也可以追溯到殖民地时期。辛岛骁在东京帝国大学毕业后赴京城帝国大学任教,后来经盐谷温[①]介绍,自1926年起曾三度拜访鲁迅,他在京城帝大完成的博士论文的主题也是中国现代文学。北京大学中文系毕业生,后因爱罗先珂剧评事件[②]而为世人所知的魏建功,也在1927年赴京城帝大担任了一年中文教师。

韩国独立后,京城大学变为国立首尔大学,支那文学科也改名为中国文学科,丁来东及其学生金九经成为该学科教

[①]盐谷温(1878—1962),中国文学研究者、东京大学教授。出身汉学世家,毕业于东京帝国大学汉文科,曾赴德国及中国留学。在中国留学期间,师事叶德辉研习戏曲学。1920年任东京大学教授。专攻元曲及明清小说研究,曾在日本内阁文库发现中国已无存的明代白话小说《古今小说》《警世通言》等,有著作《支那文学概论》(1919年)、译作《西厢记》等。
[②]1922年12月,俄国盲诗人爱罗先珂欣赏了"北大戏剧实验社"演出的托尔斯泰戏剧《黑暗之势力》,稍后,爱罗先珂又和鲁迅一道欣赏了燕京女校学生演出的莎士比亚的戏剧《无风起浪》。1923年1月6日,《晨报副刊》发表爱罗先珂的剧评《观北京大学学生演剧和燕京女校学生演剧的记》(鲁迅译),批评北大,表扬燕京女校,称北大的演出受旧戏的影响,刻意"模仿优伶",不能男女同台演戏,又不能真正表现人物思想感情。于是,担任剧社干事的北大学生魏建功作《不敢盲从——因爱罗先珂先生的剧评而发生的感想》一文,发表于次年1月的《晨报副刊》,对爱罗先珂予以反驳。接着,鲁迅在《晨报副刊》发表《看了魏建功君的〈不敢盲从〉以后的几句声明》,措辞严厉地对魏建功进行了批评。

授,但到了朝鲜战争期间,金九经失踪,丁来东离开大学,首尔大学的中国现代文学研究被迫中断。

直到今天还有这样一个传说称,20世纪70年代末期,中国进入邓小平的改革开放时代,于是中国出版的学术书籍开始经香港流入韩国。中文学科的学生参加学生运动被警察逮捕,他们身上搜出来的中国书籍被当作"危险图书",以至于法律条款上增加了一个新的罪名"携带危险文书罪"。为此,首尔大学中文科决定开设中国现代文学科目,由金时俊教授担当授课。一旦学生被以"携带危险文书罪"逮捕,金教授便赶赴警察署,说明学生携带的是研究用书,然后自己充当保证人请警察放人。

20世纪80年代,丸山昇的《鲁迅:他的革命与文学》以及竹内好翻译的六卷本《鲁迅文集》等被翻译或重译为韩文;90年代以后,则有不少别开生面的鲁迅研究博士论文问世。另外,1985年,韩国中国现代文学学会成立,陆续开展了很多活动。

第九章 鲁迅与现代中国

村上春树《挪威的森林》中译本

一、神化鲁迅：毛泽东时代

因哮喘发作猝然离世

1936年10月19日的上海，"国防文学"论战正酣，鲁迅因旧病哮喘急性发作猝然离世。他留下的绝笔，是用日文写给内山完造的一个纸条，内容是请他代为联系自己的日本主治医生。

老板几下：

　　没想到半夜又气喘起来。因此，十点钟的约会去不成了，很抱歉。

　　拜托你给须藤先生挂个电话，请他速来看一下。草草顿首

　　　　　　　　　　　　　L拜十月十八日

鲁迅逝世的消息迅速传遍全中国，当天，包括孙文夫人

宋庆龄在内的治丧委员会便告成立，成员最初有蔡元培、宋庆龄、毛泽东、内山完造、艾格尼丝·史沫特莱、茅盾等9人，后来又增加了周作人等，共计13人。22日，在武装警察的监视中，鲁迅葬礼隆重举行。巴金、胡风等青年作家在出棺之际担任抬棺人，将鲁迅灵柩安葬于万国公墓。中华人民共和国成立后的1956年，鲁迅墓迁移至鲁迅旧居附近的虹口公园（现鲁迅公园）。

毛泽东时代的鲁迅

全面侵华战争爆发后的1937年10月，在中共中央及红军总司令部所在地延安，召开了纪念鲁迅逝世一周年大会，毛泽东在大会演讲中说，"鲁迅在中国的价值，据我看要算是中国的第一等圣人。孔夫子是封建社会的圣人，鲁迅则是现代中国的圣人"。在民国时期的言论界，鲁迅在对欧美及日本诸国进行抵抗的同时，又能动地接受其近代文化，同时他又作为左翼文坛的旗手对国民党进行批判。鲁迅的这些"战

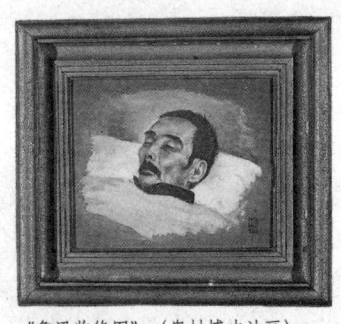

《鲁迅临终图》（奥村博史油画）

斗经历",使他被祭上了中国革命的圣人这一神坛。

新中国成立初期,鲁迅成为现代文学史编纂的中心内容。北京师范大学中文系教授李何林(1904—1988),是新中国成立后鲁迅研究的核心人物。他在晚年曾讲过语文科目中鲁迅学习的四个要点,从中可见一斑。

一、怎样结合鲁迅战斗的一生来深刻理解毛泽东同志对他的评价?

二、怎样正确理解鲁迅是始终坚定的站在正确路线一边的?在执行捍卫无产阶级革命路线上鲁迅做了哪些历史功绩?我们从中受到了哪些重要的启示?

三、怎样结合时代背景分析鲁迅作品的针对性和战斗性?

四、怎样理解和学习鲁迅的语言艺术和战斗的文风?

(李何林《中学语文鲁迅作品答疑》,1986年)

二、作为"独立思考"的读书：
邓小平时代的鲁迅

鲁迅形象的巨变

伴随着"文化大革命"（1966—1976）的终结，毛泽东时代也宣告结束。进入80年代后，改革开放的邓小平时代正式启航，鲁迅的形象也发生了很大变化。比如1981年11月16日星期一，我有机会观摩了上海市曹杨中学二年级一班的语文课，这节课的内容是学习鲁迅的名作《故乡》，授课人是特级教师钱梦龙老师：

教师　　上周周六的自习课上，大家在笔记本上写了很多问题交给我。我大致看了一遍，觉得同学们提出了很多非常好的问题。有的同学作品读得很细，有的同学想得很深。

细读与深思

钱老师一边说,一边在黑板上写下"细读,深想"几个字。仔细阅读深入思考,是对"文革"时期把语文教育当成思想宣传的反思,也是钱老师最为重视的学习方针:

教师　　比如,有人问作品中为何用了五处破折号,二十四处省略号。这位同学统计了破折号和省略号的数量。还有的同学提问,"104页有这样的话,'知道我在走我的路',结尾还有'其实地上本没有路,走的人多了,也便成了路'。为什么作品有两处讲到'路'呢?这里的'路'和主题有什么关系呢?"怎么样?想得很深吧……好,那么今天这两节课我们做什么好呢?

学生们　(异口同声)解决问题!

教师　　是的,很好。今天就来解决问题。为了解决问题,老师首先来确认一下,大家预习作品时,懂了哪些,还有哪些是不懂的。问到了你的话,尽量不要看教科书。不过要是忘了的话该怎么办呢?

学生1　(小声)偷偷看一下。

教师　　偷偷看？你可真行。(一齐大笑)笑什么！偷偷看一下也算是一种能力的！(学生大笑)快速瞄一眼教科书，马上找到自己需要的语句，这不是一种技巧吗？对吧？！但考试的时候可不能用这种技巧！(学生大笑)

钱老师的幽默，一下子打消了学生们的紧张。教室气氛如此轻松活跃，一定会激起学生的学习欲望，促进他们积极思考。这个场面让人不禁联想起《论语》中的传统教育观，所谓"知之者不如好之者，好之者不如乐之者"。

"好，下面我来提问。作品中的'我'回乡时的天气怎么样呢？"钱老师开始进入作品，让学生们回答"我"乘坐的乌篷船是什么样的船，并提醒大家在之前学过的鲁迅的《社戏》中已经出现过乌篷船。接着，让学生们思考对于"萧索的荒村"中的文言词"萧索"的理解。关于闰土贫困的原因，钱老师是这样引导学生去思考的。

教师　　闰土的家种着什么？

学生　　(相继回答)西瓜！

教师　　有人提出这样的问题：闰土为什么不多种些西

	瓜拿到自由市场上去卖？那样明明可以赚到钱。（学生，大笑）是啊，怎么样？为什么呢？
学生10	因为需要上税。
教师	嗯，税。说得不错。用作品里的话来说，是什么样的税？
学生11	苛税。
教师	苛税。对！不过，"苛税"的"苛"是什么意思？
学生11	苛酷。
教师	"苛"有苛酷的意思。但加在"税"的前面是不是就变成了别的意思？
学生12	"苛"有繁杂的意思。
教师	对！你怎么知道的？瞎猜的吧。（学生大笑）
学生12	这样解释比较好。可以说明税很多。
教师	对的，想得很对。坐下吧。所谓苛税就是繁杂的烦琐的税的意思。 有一个成语是表现旧社会的税的。多——
学生们	——如牛毛！
教师	旧社会什么东西都上税。闰土要是去卖西瓜，就必须要过好几道关卡，而每一道关卡都得缴税。这样一来，他还能赚到钱吗？

学生们	（一齐）赚不到！
教师	教科书里是怎么写的呢？不看书也能回答的同学？
学生13	"折了本"。
教师	对。不过念错了。（边说边板书）这个字怎么读？
学生们	（部分）shé
教师	这回对了。（在"折"的旁边板书 shé）这是个多音多义字。

所谓自由市场，是城市里的一种市场，农民只要取得营业许可证并缴纳场地费，就可以在此出售自己在自留地种植生产的农作物等。"文革"当中，自留地受到严格限制，自由市场也被取缔。1978年年末，自由市场开始恢复。尽管这里的商品价格比国营商店高出好几倍，但由于商品新鲜、品种丰富，很受上海人欢迎，为提高郊区农民的收入做出了贡献。由于很多学生亲眼看到过这种情形，因此很自然会提出闰土为何不去自由市场卖西瓜的问题。

个性化读书的开始

钱老师从学生提出的朴素但又很切身的疑问入手，对民

第九章 鲁迅与现代中国

《网络鲁迅》封面

国时期的烦琐税制进行了说明。在《故乡》中,"苛税"一词之前还有闰土的话,"总要捐几回钱"。学生大概是记住了这句话才"猜到"字义的吧。钱老师引导学生仔细确认小说的细节,通过汉字的意义教会学生分辨读音错误,这些教学方式给人留下深刻印象,他无愧于特级教师的称号。不过,在光文社古典新译文库版的拙译中,还是将"苛税"译作了"重税"。

在邓小平时代,适应改革开放的独立思考受到人们重视,尽管语文教科书依旧保留着鲁迅即"革命圣人"的公式,但在教学现场,人们已经开始在课堂中尝试细读文本、深入思考。对鲁迅进行的新的个性化阅读的时代已经开始。

2001年适逢鲁迅120周年诞辰。这一年,中国出版了很多有关鲁迅的书籍。葛涛编选的《网络鲁迅》也是其中之一。这本书辑录了网络上的匿名读者有关鲁迅的感想和议论,充满了自由气息。比如署名"Lunxun"的读者在题为"热爱鲁迅"的留言中说道:

在中小学时期，对鲁迅的文章，我都害怕和讨厌。因为那时候并不怎么读得懂，以为这与现实生活相差太远；而且老师总爱逼我们背诵，反感得很。自从进入大学校门后，不用学语文，更不用背书，这时才不害怕和讨厌鲁迅的文章，然而也说不上怎么喜欢。

走出校门，步进社会，经历了许多并不愿经历的磨炼，见识了许多并不愿见识的人和事之后，那一篇篇被逼记忆的文章反而涌现出来，反而感激老师的逼迫，才知道鲁迅头上的光环："民族的栋梁、民主的斗士、贫民的代言人"真是名副其实，或者更高也不为过。

只要良知未泯，并有一双睁开的眼睛，就会看到贪官污吏、地痞无赖、江湖骗子、封建、迷信、无知等鲁迅与之作战的社会丑恶现象还是那么多。身穿破衣的阿Q在农村在街头走动，身穿名牌西装的阿Q在豪宅里享福；无论贫富贵贱、平民高官、文盲或者大学毕业，都那么敬畏神佛。

在今天，人们阅读鲁迅，是将他作为省思当下社会的武器。

疏远鲁迅的缘由

"Lunxun"的评论"热爱鲁迅"里说,自己曾经疏远鲁迅的原因是因为老师"总爱逼我们背诵"鲁迅作品。这一点正是中国的语文教育乃至整个高考制度存在的问题。中国的语文教育背负着思想教育的使命,因此中学语文课对"圣人"鲁迅作品的学习处理也非同一般。到目前为止,中学六年的语文课大约要学习20篇鲁迅作品,这种特殊形式的学习导致很多学生毕业时已经疏远了鲁迅。

不仅如此,中国的大学毕业生人数也在急速增加。1982年时仅有45万人,到2002年就变成了134万人,20年间增长了两倍。1999年国家决定进一步扩大招生,于是2003年的毕业生人数又比前一年增加了四成,达到188万,而到了2009年更是达到531万,七年间增长了三倍之多。大学入学率也在30年间由2%、3%快速增长到2007年的23%(《中国统计年鉴》,1988年版、1998年版、2010年版,2008年《中国教育统计年鉴》)。在这种背景下,高考竞争越来越激烈,语文考试的题目很多都采取了节选名作填空的形式。这样一来,在初高中语文教学中,记忆和背诵教科书便成为一种重要的学习方式。

以鲁迅和村上春树为两极

应中国大学的邀请,我时常有机会在中国进行有关鲁迅的演讲。演讲一般都在礼堂等场所进行,听众为本科生和研究生,人数通常有两三百人。一般先由我用90分钟介绍日本的鲁迅接受史,或者从比较文学的视角考察《故乡》《阿Q正传》等名作。演讲之后,多半会有30分钟的时间回答听众的提问。所提问题既有一般性的也有比较专业的,遇到那些偶尔无法当场回答的问题,便在事后通过中国的教授,以书信形式给予解答。但最近十多年来,互联网在中国普及,所以我也经常通过电子邮件直接回答提问。

2009年3月,我在上海作家协会演讲时,有听众提出了一个完全出乎我意料的问题。那天演讲的题目是"村上春树心底的中国"。一年前台北一家出版社翻译出版了我的一本有关村上春树的著作,这次演讲的题目就来自这本书的书名,我又在此基础上加了一个副标题——"村上文学中的鲁迅影响和历史记忆"。演讲时间是周一上午,地点是原法租界某老洋楼大客厅。虽然有一百个座位,但还是出现了站着听讲者,可见村上在中国人气之高。据说上海作家协会所在的这座漂亮洋房,是20世纪30年代中国的一位资本家特意为自己的爱妻修建的。

演讲的前半部分主要讲鲁迅对村上的影响，后半部分则谈村上作品中的日本侵华战争记忆。演讲以后听众纷纷提问，原定30分钟的问答时间延长到了将近一个小时。其中有一位三十岁左右、自称是某大学中文系讲师的女性问道："在中国，鲁迅读者层是存在断裂的，不知道日本的村上读者层是否也有断裂？"我正打算回答她：在日本，有些年龄比村上大的读者并不喜欢他，但在比他年轻的读者中，粉丝却很多，特别是二十至五十岁这个核心读者层。关于中国的鲁迅读者层的断裂，我还真不太清楚……但上面这些话还没来得及说出，旁边的另一位女性就站了起来，用非常肯定的语气补充道："具体一点说，四十岁以下的读者，特别是年轻女性是不读鲁迅的！"我猜这位女性大概也是大学的文科老师。

这样看来，那天的听众中，四十岁以上的人应该是来听鲁迅的，另一半四十岁以下的则是来听村上的。也就是说，在读者层断裂这个问题上，中国的鲁迅和日本的村上的情况几乎正好相反！但另一方面，这些年轻的大学教师原本有责任去帮助那些疏远鲁迅的大学生打破"圣人鲁迅"的观念，如果连她们也不喜欢鲁迅，那事情就不妙了。可是，若答应以后发邮件回答，显然又不符合当天有关鲁迅与村上的影响关系的演讲主题。于是，我索性说道，如果说上海的中老年愿意读鲁迅,而青少年更愿意读村上的话,我们为何不可以将鲁迅和村上置于两极,来描绘现代中国的文学地图呢!

正是在那次演讲会的两个月后,我开始着手进行一项国际合作研究,主题便是《以夏目漱石、鲁迅、村上春树为中心的"东亚'阿Q'形象系谱"》。

三、暗杀鲁迅传闻的来龙去脉

鲁迅遭遇暗杀之传闻

在20世纪日中关系的格局中,鲁迅无疑是中日友好的象征。不过尽管如此,或者说正因如此,当日中关系发生波折后,便出现了这样一种传闻,声称鲁迅系日本医生误诊而死,甚至是被日本医生暗杀的。这里所说的日本医生即是须藤五百三(1876—1959)。正如本章开头所交代的,鲁迅临终前夜出现气胸,于是写信拜托内山帮忙请须藤五百三前来诊疗。

主治医生须藤五百三

须藤出生于冈山县下原村(今成羽町),1897年毕业于第三高等学校医学部(今冈山大学医学部),后作为陆军军医辗转北京及台北等地;1918年他来到弟弟做生意的上海开设医院,后成为内山书店以及鲁迅一家的主治医生。查《鲁迅日记》可知,从1932年10月开始到鲁迅去世,须藤的名字一共出现160多次。日本战败后,须藤回到故乡继续行医。由于须藤曾当过日本陆军军医,再加上周建人说须藤做过"上海在乡军人会"副会长等,一部分中国人怀疑须藤有可能是日本军队的特务。

须藤五百三

论争始末

1984年5月,南京一家名为《周末》的报纸上,发表了一篇署名"纪维周"的报道。这篇文章首次提出鲁迅系须藤五百三所杀的说法。专攻日本医学史、同时对鲁迅与医学素有研究的泉彪之助教授于6月在《朝日新闻》发表文章,对这一说法进行了全面反驳。鉴于这种情况,上海鲁迅纪念馆副馆长杨蓝表示,《周末》的报道仅属个人见解;9月,《周末》发表声明,承认"纪维周"的报道缺少根据,并进行了自我检讨。至此,这场风波终于平息。

不料,2001年5月,鲁迅的儿子周海婴(1929—2011)在中国著名文艺杂志《收获》(上海,双月刊)上发表文章,他引用鲁迅之弟周建人1949年7月致许广平的信,称周建人和许广平两人直到晚年都一直怀疑须藤。周海婴一方面承认母亲于医学、医药是外行,但另一方面又称许广平曾说须藤用药有误,还说战后许广平访问日本时须藤没有露面,或许和此事有关,许广平对此也一直抱有疑念。作为鲁迅的儿子,周海婴公开母亲对此事的怀疑本身并没有问题,但他对泉彪之助的医学判断置之不理着实令人费解。后来周海婴又出版了回忆录《鲁迅与我七十年》(日译本书名:『わが父鲁迅』),继续传播所谓的谋杀说。

不仅如此,2002年,广东鲁迅研究小组、广东鲁迅研究学会编辑出版的《鲁迅世界》第59期上,又发表了周正章的长篇论文《鲁迅先生死于须藤误诊真相》。作者似为医生,其试图从医学角度证实须藤医生的误诊。但其实这篇文章不过是站在现代医学的角度对20世纪30年代一位私人诊所医生的诊疗进行评判,并非历史性的检验。尽管如此,该杂志2002年第3期还是刊登了很多支持误诊说的文章。

另一方面,《文艺报》2001年9月11日号发表了传记作家秋石(本名贺金祥)的长篇文章,对周海婴《鲁迅与我七十年》进行了批评。作者根据鲁迅自己的文章以及其他证言,对所谓谋杀说进行了彻底驳斥。我的那些从事鲁迅研究的好朋友们也都赞成秋石的看法，尽管周海婴的回忆录读起来也挺有意思，但终究既不是学术研究著作，也不是鲁迅传记。

须藤诊病：鲁迅的选择

其实，从1936年5月开始，鲁迅的病情就开始恶化，之后几乎天天要请须藤前来诊治。在这种情况下，经过鲁迅的朋友、美国记者艾格尼丝·史沫特莱的再三劝说，鲁迅接受了美国医生邓肯的诊察。诊断的结果是病情十分严重，邓肯说要是在欧洲，病人五年前就死掉了。不过鲁迅最终谢绝了邓肯医生，而希望须藤医生继续给自己治疗。

鲁迅逝世后，须藤连续三天（10月21日—23日）在上海的日文报纸《上海日报》发表了《医生所见之鲁迅》的文章。须藤的这篇手记写道，鲁迅从七八岁开始牙齿便不好，之后不断拔牙，到二十七岁时已经是满口假牙，这影响到了他的消化功能。"在生前，他的饭量仅为常人的一半，他本人常说自己生来就不知饥饿不知美味。"须藤还谈到过鲁迅对仙台时期的回忆，令人联想起所谓的幻灯片事件。

> 先生说，在仙台的那个时期，正逢仙台的小剧场放映甲午中日战争的幻灯片。血性的先生说，看到那片子

里同胞成为俘虏的画面,抑制不住内心的激愤,立即收拾行李,第二天便回国了。先生常说,那幻灯片直到今日仍活生生的浮现在眼前。

中国人心中的疑虑

幻灯片的画面至今仍活生生地浮现在眼前——如果说鲁迅确实经常向须藤讲述这个经历的话,那么除了第三章中介绍的仙台医专的幻灯片事件之外,鲁迅还在仙台市里的小剧场体验过另一个幻灯片事件。文中所说的"甲午中日战争的幻灯片"如果不是"日俄战争"之误的话,那就是说在当时仙台的剧场里上映过十年前那场甲午中日战争的幻灯片,而日清两国的战争记忆让鲁迅"激愤",他"第二天"便回国了。这,也同样是一件令人深思的事情。

保持医患之间的良好沟通和交流,做一个认真的听者和问者,更好地理解患者的患病经历和心理状态,无疑是主治医生的责任。面对值得信赖的主治医生,患者不仅要解开衣服让医生听诊,也需要毫无顾虑地向医生敞开心扉。在这个意义上,须藤的手记记录了以往不为人知的信息,具有很高的可信性。不过需要留意的是,医生本来的目的只是给患者治病,并非为患者写传记,所以这种有关医患之间的私人对话的记忆，其准确性以及可信度毕竟与新闻记者的采访有所不同。

　　尽管如此，这篇手记还是能够证明须藤医师与鲁迅之间高度的信赖关系。另一方面，这篇手记的中文翻译《医学者所见的鲁迅先生》(《鲁迅先生纪念集》，上海，1937年)虽然包含了《附录 鲁迅先生病状经过》，但并不是全译，上面介绍的两人之间的亲密对话便被省略掉了。估计不论是周海婴还是周正章，大概都没有读过手记全文。但无论如何，就连鲁迅的至亲也对鲁迅的死因抱有深深的疑念，这一事实足以说明日本的侵略给中国人留下了怎样的恐惧和疑虑。

四、村上春树与鲁迅

如何保持主体性的思考和行动

1999年12月,我组织召开了东京大学学术研讨会"东亚的鲁迅接受",研讨会邀请了来自中国、新加坡、澳大利亚等国家的25名学者以及10位旅日中国学者,另外还有100多位日本学者参加,研讨会历时三天。在研讨会上,笔者深刻感受到了东亚对鲁迅的多元阅读,以及鲁迅已成为东亚的现代经典这一现实。本书第八章"东亚与鲁迅"便反映了当时的诸多研究成果。

以此次研讨会为发端,亚洲现代中国文学国际学会得以成立,2002年4月,由新加坡大学中文系主办了第一届大会。大会第一天,会议在大礼堂举行,新加坡各高中有很多学生前来参加;当日我做了以展望21世纪鲁迅研究为主题的报告,提问环节中,有人提问"对今天的我们来说,鲁迅意味着什么"。

我是这样回答的：为了抵抗源于欧美诸国的殖民化，19世纪的东亚人民从欧美那里学来了产业化社会和民族国家这些观念，并各自进行了建立独立国家的努力。20世纪初叶，各国纷纷模仿欧美，而鲁迅则汲取了欧洲浪漫派诗人的个性主义和反抗精神，阐述对欧美近代要坚持既接受又抵抗这种主体性立场的重要性，并积极付诸实践。在苏联解体和东亚经济危机之后，以美国为代表的全球主义正在席卷东亚。面对这股全球主义思潮，东亚人民只能像昔日的先辈们那样去勇敢面对。但我们怎样才能在保持主体性的基础上思考和行动呢？我想，鲁迅文学恰好为我们提供了很好的答案。

鲁迅曾用日文为内山完造的文集《活中国的姿态》（1935年）作序，他说：

> 像日本人那样的喜欢"结论"的民族，就是无论是听议论，是读书，如果得不到结论，心里总不舒服的民族，在现在的世上，好像是颇为少有的……

今天，我们在面对"鲁迅在当代有何意义"这一问题时，同样不必急于去寻求结论，而是应该扎扎实实地重读鲁迅这一东亚的现代经典。而现在，又出现了另一位作家村上春树

（1949—）。他继承了鲁迅的课题，并获得了东亚读者的极大欢迎。他将当代日本定位于东亚的时间和空间中，而他本人也成为东亚共同的现代文化、后现代文化的原点。

后现代文化的原点

事实上，村上文学的主人公们一直都在重复着大大小小的追溯东亚历史记忆的冒险。在1979年发表的处女作《且听风吟》里，主人公"我"在杰氏酒吧（Jay's Bar）向店长讲述叔父在"上海郊外""于战争结束两天后踩上自己埋设的地雷"殒命。"是吗……有各式各样的人都死掉了。不过大家原本都是兄弟的"——那个温情地回应"我"的中年男人"杰"便是个中国人。在朝鲜战争（1950—1953）和越南战争（1960—1975）这个中美两国激烈冲突的时代，杰在日本的美军基地工作谋生。作者通过《寻羊冒险记》（1982年）中"我"及好友"鼠"与"满洲国"的亡灵对决的场面交代了杰的灰暗过去。在前一篇的冒险故事《1973年的弹子球》（1980年）中，"鼠"是那样痛苦而恋恋不舍地告别了"杰"所生活的这个港口城市——"鼠也搞不清楚，为何他的存在会如此扰乱自己的心绪。"

这样，村上春树的"青春三部曲"便成为"我"及其分身"鼠"以及年长二十岁的中国人"杰"三人叙述的历史记忆。之后的《奇鸟行状录》三部（第一部1992年出版，1997年出版文库本）追溯诺门罕事件和"满洲国"记忆，《去中国的小船》《托尼瀑谷》等系列短篇小说则表现了对中国的赎罪意识以及对忘却历史的省察。至于《海边的卡夫卡》（2002年）、《天黑以后》（2004年）等作品，譬如在香港便被理解为"呼吁日本人反省内心潜藏的暴力的种子"。

村上接受的四大法则

另一方面，在华语圈的中国，我们可以发现村上接受的四大法则，即四种形态：第一，台湾→香港→上海→北京，以时针旋转的形式展开。第二，各地的"村上现象"均发生于高速成长的经济开始衰退的时期，台湾为1989年，上海则是1998年。第三，华语圈（韩国也同样）于20世纪80年代末兴起民主运动。第四，"森高羊低"法则。"村上热"于1989年由"100％纯情率直"（台湾版的引用）的"森"（《挪威的森林》）开始，但"羊"（《寻羊冒险记》）的翻译介绍却晚了很多，台湾是1995年，中国大陆是1997年（韩语翻译同样），并且"解说"也被省略，与"森"相比算是受到了冷遇。

来自鲁迅的影响

说起来,村上春树在高中时代便爱读鲁迅作品,《且听风吟》开头一段有"所谓完美的文章是不存在的,正如完美的绝望并不存在一样",而鲁迅在散文诗集《野草》中写过"绝望之为虚妄,正与希望相同",或许村上是受到了鲁迅的触发。村上与鲁迅有深刻的相通之处,尤其是阿Q形象更是村上从鲁迅那里所继承的重要主题。村上在《青年读者短篇小说指南》中指出,自己在尝试进行严肃的文艺批评时,接触到了《阿Q正传》(1922年),"作者出色地描写了那个与自己所创造的人物完全不同的阿Q形象,浮现出鲁迅自身的痛苦和哀愁。这种二重性深深浸润到作品的内部"。村上自己也写过以"Q氏"为主人公的短篇小说《没落的王国》(1982年),之后仍继续描写了Q氏的兄弟们。

在最新出版的作品《1Q84》Book3奇数章出场的女主人公名叫"清豆",是个受人雇佣的杀手。"青豆"这一奇异的姓氏,在中国古典诗词中常用来指代和尚——这个名字大概是那个无名无姓的"阿Q"的反转吧。青豆读"有关1930年代满洲铁路的书",谈论女性护身术时会引用毛泽东的军事思想。最重要的是,青豆在杀死那个家暴妻子的男人后,为了缓解杀人后的兴奋,在高级酒店的酒吧诱惑一个中年白领,在与他性交时居然喁喁私语:"我呀,只是喜欢你的秃头!"

怀有秃头自卑情结的阿Q调戏小尼姑,摸人家的头捏人家的脸,将自己所受的屈辱转嫁到弱者尼姑身上,对此小尼姑只能照例骂一声:"断子绝孙的阿Q!"而《1Q84》的主人公青豆接二连三地向那些DV男子们复仇,两相比较,令人忍不住猜想青豆简直就是《阿Q正传》中小尼姑的亡灵。

此外,在Book3中,除青豆、天吾之外,还有另一位主人公,那就是原为律师的牛河。这位牛河,无论在容貌性格境遇还是姓名上,怎么看都像是阿Q的直系子孙。"牛河"二字反过来就是"河牛",用日语罗马字拼写的话便是"Kagyu",与阿Q的"Akyu"发音很像。这种在发音拼写上的小游戏,也算是村上式的幽默吧。

《阿Q正传》是一篇短篇小说,主人公是清朝"末代皇帝时期""未庄"的一个以打短工为生的农民,名叫阿Q。阿Q经常被村子里的人嘲笑和欺辱,但他总会用自己的逻辑来对付,"他觉得他是第一个能够自轻自贱的人",于是便产生了一种自我满足。后来风传旨在推翻清朝的辛亥革命(1911年)要来了,看到地主老财们惊惶万状的阿Q,不禁向往起革命来。不料未庄留日回国的地主少爷们立即组织起革命党,没给阿Q一点参加革命的机会。不久赵家被强盗抢劫,阿Q

成了犯人,被抓到衙门受审,他自己糊里糊涂一无所知地被枪毙处死,而未庄的人们则兴致勃勃地观看了这一幕。

鲁迅以充满幽默的笔法描写了将自己的屈辱和失败转嫁给弱者以获得自我满足的"阿Q精神",对中国人的国民性进行了批判,同时也展示了自己的国家论——没有基层民众的改变便没有革命。鲁迅以严厉批判和感同身受的心绪刻画了阿Q这一形象所代表的中国人的国民性,但对鲁迅来说,所谓阿Q不仅仅是占中国人之多数的下层农民,还有正处于欧化途中的都市民众,乃至包括鲁迅自身在内正在致力于民族国家建设的那些中国人。

对中产社会的根本批判

据说罗曼·罗兰在阅读《阿Q正传》法文译本时曾流下眼泪,而村上大概也是通过阿Q这一形象深刻感受到时代转换时期的小市民之生存方式,并产生强烈共鸣。1994年6月,为了创作《奇鸟行状录》第三部,村上奔赴诺门罕事件的现场进行采访。在回国后发表的游记中,他对日本战后所形成的"市民社会",即中产社会进行了彻底批判。

> 我们将效率低下视为前近代的弊端,并认为它终将

导致日本这一国家走向破产,我们一直努力去尝试打破它。但我们并不是将这种非效率性的责任作为自己内在的弊端进行追究,而是把它当作外部强加给我们的弊端,用类似外科手术那种单纯的物理手法进行排除。其结果是,我们的确建成了一个基于市民社会理念、具有良好效率的社会,高效率为社会带来极大的繁荣。……尽管如此,时至今日,在许多社会局面中,我们作为一种无名消耗品依旧在被安静平和地抹杀着……(《边境!边境!》,新潮社,2000年)

从作为传统帝国的清中国到近代民族国家的中华民国,再到中华人民共和国,每当中国迎来蜕变之际,总有很多人不愿主动参加变革,还有很多人欲参加而不能。鲁迅满怀激愤和同情,将这些人凝练并塑造成阿Q这一形象,并对新时代的国民性进行了探索。而在日本,村上春树认为,尽管日本人饱尝了侵略所带来的战败苦果,但他们并没有去深入拷问"自己内在的非效率性",而是一头闯入后现代社会,"作为一种无名消耗品依旧在被安静平和地抹杀着"。村上笔下的Q氏形象便是上述日本人的一种表征,村上显然在以此探求一种内省的市民形象结构。

第九章　鲁迅与现代中国

鲁迅的原名是周树人，用罗马字母标注日语发音的话，是"Shujujin"，而春树的罗马字母标音则是"Shunju"。仔细比较，便会发现两者十分相似。村上春树的名字大约是来自生日，即1月12日。"Shujujin"和"Shunju"的相似也许只是偶然巧合，但换个角度或许也可以说，这种相似暗示了鲁迅和村上春树这两位在东亚最受读者青睐的作家之间的某种因缘。

简略年谱

公历	年龄	鲁迅生平	东亚形势
1881	0	9月25日出生于绍兴	
1884	3		中法战争（—1885）
1885	4	弟周作人出生	
1892	11	入三味书屋	
1894	13		甲午中日战争开始（—1895）
1896	15	父周凤仪病逝	
1898	17	南京·江南水师学堂	[清] 戊戌变法
1899	18	南京·入矿务铁路学堂	[清] 义和团起义
1902	21	赴日本留学，入弘文学院	[日] 嘉纳治五郎设立弘文学院
1903	22	断发。翻译出版《月界旅行》（儒勒·凡尔纳）	
1904	23	入仙台医学专门学校	日俄战争开始（—1905）
1905	24		科举制度废止

公历	年龄	鲁迅生平	东亚形势
1906	25	仙台医专退学，返回东京 夏天回国省亲，与朱安结婚	
1908	27	迁居夏目漱石旧宅，冠名伍舍	[清] 宣统皇帝（溥仪）即位
1909	28	出版《域外小说集》（与周作人合译） 回国 任浙江两级师范学堂（杭州）教员	[日] 夏目漱石《从此以后》（《朝日新闻》连载，6月27日—10月14日）
1910	29	任绍兴府中学堂教员兼教务长	日本、韩国合并
1911	30	任浙江山会初级师范学堂(绍兴)校长	[清] 辛亥革命
1912	31	赴南京任职教育部 伴随临时政府迁移赴北京	中华民国成立 袁世凯就任临时大总统
1914	33		第一次世界大战爆发
1915	34		日本向中国提出二十一条要求
1917	36		俄国革命
1918	37	《狂人日记》发表	[中] 张作霖进入北京
1919	38	周氏一族迁居北京八道湾	[中] 五四运动
1920	39	兼任北京大学讲师	
1921	40	《故乡》发表 《阿Q正传》连载开始	中国共产党成立
1922	41		日本共产党成立

公历	年龄	鲁迅生平	东亚形势
1923	42	迁居砖塔胡同。出版《呐喊》	[日] 关东大地震
1924	43		第一次国共合作
1925	44	开始与许广平书信往来	[中] 广东国民政府成立
1926	45	出版《彷徨》。移往厦门。任厦门大学教授	[中] "三一八惨案",北伐战争开始
1927	46	经香港往广州,与许广平汇合 任中山大学教授,抗议反革命政变,辞职,后往上海	[中] "四一二"反革命政变
1928	47	出版《朝花夕拾》	日本军队爆破暗杀张作霖。中国首都由北京迁往南京
1929	48	子周海婴出生	
1931	50		"九一八事变"
1932	51	因上海事变,暂往内山书店避难	"满洲国"成立。上海事变 [日] "五一五"事件
1933	52	与许广平往来书信集《两地书》出版	[日] 退出国际联盟
1935	54	翻译《死魂灵》(果戈里)出版	中共《八一宣言》
1936	55	出版《故事新编》。联名发表《文艺工作者宣言》("国防文学"论战) 10月19日逝世	[日] "二二六"事件 [中] 西安事变

据《鲁迅事典》(三省堂)卷末年表编制

图片出处

除下列之外，其余图片均系作者摄影或据作者个人相册。

葛涛编选《网络鲁迅》，人民文学出版社，2001年，第218页。

上海鲁迅纪念馆编《上海鲁迅纪念馆藏文物珍品集》，上海古籍出版社，1996年，第209页。

上海鲁迅纪念馆、上海国际友人研究会编《中日友好的先驱》，上海人民美术出版社，1995年，第133页。

上海鲁迅纪念馆、中国美术家协会上海分会编《鲁迅与书籍装帧》，上海人民美术出版社，1981年，第68上、104、143页。

须藤五百三《酒》，1939年，贩卖所，上海北四川路底内山书店，第223页。

田中庆太郎《鲁迅创作选集》，文求堂，1932年，第61页。

唐来新、许秦蓁编《刘呐鸥全集影像集》，2001年（民国90年，第130页。

杨翠等解说《杨逵影集》，台北满里文化工作室出版，1992年，第185页。

鲁迅、东北大学留学百周年史编集委员会编《鲁迅与仙台》，东北大学出版会，2004年，第43页。

鲁迅博物馆编著《鲁迅文献图传》，大象出版社，1998年，第23、27、42、52、55、57、61、63、68下、71、73、75、101、113、114页。

北京鲁迅博物馆编《鲁迅》，文物出版社，1976年，第149页。

译后记

本书的日文原著《鲁迅——東アジアを生きる文学》（2011年），系岩波书店于1938年创刊的文库本"岩波新书"之第1299种。作者藤井省三，毕业于东京大学文学部，攻读研究生期间曾作为中日恢复邦交后第一批中国政府奖学金学生赴复旦大学留学，结束学业后历任东京大学助教、樱美林大学副教授、东京大学副教授、教授，现为名古屋外国语大学特聘教授，专攻中国现代文学及鲁迅研究等，有著述多种，其中不少被译为中文出版或发表，在中国学界亦有较大影响。

本书译成中文后字数不过十万稍多，算是一本中小型的鲁迅评传。尽管书的篇幅规模不大，但在资料文献的使用和呈现，视角、方法及整体框架的筑构，有关鲁迅及其文学的认知和阐释等方面，都有独特的理解和发现，定会给予读者新鲜的刺激和启发。对原著作者而言，其鲁迅研究乃是一种职业性的外国文学研究，理所当然的，其研究对象的母国——

中国的鲁迅研究,无论是庞大的资料文献,还是看家领域的诸多研究积累,对作者的支撑和牵引自不待言。但同时,本书又绝非鲁迅的"母国"之鲁迅言说的单纯复述和代言。阅读体验和思考言说的个体性、个体体验的多样性、知识创造活动的创新欲望等诸种因素,无不体现在本书论述的始终。对于作者的某些叙述或判断,读者或许有不同的理解,但透过全书的言说脉络,分明可以感受到蕴含于字里行间的对鲁迅的敬重,以及通过鲁迅照射个人与民族、透视传统与现代、考察东亚文化及近代化主题的努力。

鲁迅的东亚都市"遍历"——南京、东京、仙台、北京、上海,是作者鲁迅传记叙事中显示时空坐标的中心视角,同时也是鲁迅终生在都市空间中辗转移动,不断探索创构文学和文化空间的关键词。作者以跨文化跨国家的视点,关注20世纪初叶东亚国家注目欧美新潮、孜孜以求建设近代国民国家的大时代背景与鲁迅个人实践的内在一致性,把握鲁迅的文学实践与现代中国时代母题的契合。出自文学又超越文学,从鲁迅的文学实践透视近现代中国的历史进程,本书的这一处理视角显然是独到而有效的。本书的另一个重要视角——鲁迅的日本乃至东亚接受,既是比较文学研究的一个实践,也是东亚都市遍历视角的深化和拓展。近代东亚的历史使命导引了东亚的精神、思想和文化的流动方向,鲁迅的文学实践一直都是这个潮流中最活跃最有区域性影响的部分。鲁迅文学成为东亚"现代经典"的逻辑根据便在这里。明确表述和呈现这一"事实",无疑是本书的一个贡献,这些探索再一次证明了从域外看中国、从域外"发现"鲁迅的必要性和有效性。

书中的个案叙事也或有独到发现,或有思考探索,给译者留下深刻印象。"鲁迅体验谈"披露作者少年时代如何被《故乡》拨动心弦,在成长成熟之中却不得不去面对"故乡丧失"的寂寞哀愁,呈现了跨文化背景下读者接近鲁迅文学的共振点;《故乡》对俄国契里珂夫《省会》的创造性模仿之省察,提示我们文学研究中对历史场域的把握不可或缺,忽视思想发生的"互文性",肆意强制阐释文本的结果往往经不住历史的筛汰;《彷徨》"赎罪"主题以及近代性省察的论述,从日常生活体验和哲学层面重读作品,很有耐人寻味之感;在日本及东亚的鲁迅译介受容部分,作者呈示了许多新鲜资料,如岩波版《鲁迅选集》及其主要编译者佐藤春夫在东亚鲁迅传播史上的重要地位,展示了战前东亚鲁迅传播中日本"线路"的样态,其中的细节资料尤其值得关注;对竹内好之鲁迅研究的反思也令人深思,"竹内鲁迅"的独特言说依托着特殊的时代背景，其中的政治和意识形态因素以及作者的内在理路，需要慎重梳理鉴别和长时段的历史考量；而韩国及台湾地区的鲁迅接受与日本的诸种关联，以及竹内好的鲁迅文学日文翻译问题，也由作者首次提及，而这些问题显然都有继续思考探索的空间。如此等等，不一而足。

作为从事鲁迅研究以及中日比较文学研究的同行，译者曾拜读过藤井教授的许多著述，所受教益颇多。现在回想起来，第一次见到藤井教授是近30年前的某个冬日下午。按照丸山昇教授在信中指示的时间和地点，译者从当时供职的北京五道口某学院来到藤井教授下榻的北大勺园宾馆，见到了这位白皙净朗的日本学者，还有他的一双可爱儿女。想不到30年后，因为新星出版社邀约，有了现在这样一个事实的发生，令人慨叹人生流转不可思议，更为这受惠于"鲁迅"的缘分而深感喜悦。只是，翻译一事从不会有所谓完美，本书自然也难为例外，谨请方家识者不吝批评指正。

另，为便于读者阅读理解相关内容，译者附加译注四十一条，请酌情参考。

是为记。

2019年7月15日、8月28日，2020年6月12日
于日本九州

RO JIN: HIGASHI AJIA O IKIRU BUNGAKU
by Shozo Fujii
© 2011 by Shozo Fujii
Originally published in 2011 by Iwanami Shoten, Publishers, Tokyo.
This simplified Chinese edition published 2020
by New Star Press Co, Ltd., Beijing
by arrangement with Iwanami Shoten, Publishers, Tokyo
著作权合同登记号：01-2019-4582

图书在版编目（CIP）数据

鲁迅的都市漫游：东亚视域下的鲁迅言说／（日）藤井省三著；潘世圣译．—— 北京：新星出版社，2020.5（2020.7重印）
ISBN 978-7-5133-3732-8

Ⅰ.①鲁… Ⅱ.①藤… ②潘… Ⅲ.①鲁迅研究 Ⅳ.① I210

中国版本图书馆 CIP 数据核字（2019）第 210439 号

鲁迅的都市漫游：东亚视域下的鲁迅言说

［日］藤井省三 著；潘世圣 译

责任编辑：白华昭		**选题策划**：姜　淮	
项目统筹：孙志鹏		**责任校对**：刘　义	
责任印制：李珊珊		**装帧设计**：冷暖儿	

出版发行：新星出版社
出 版 人：马汝军
社　　址：北京市西城区车公庄大街丙3号楼　　100044
网　　址：www.newstarpress.com
电　　话：010-88310888
传　　真：010-65270499
法律顾问：北京市岳成律师事务所

读者服务：010-88310811　　service@newstarpress.com
邮购地址：北京市西城区车公庄大街丙3号楼　　100044

印　　刷：北京天恒嘉业印刷有限公司
开　　本：889mm×1092mm　1/32
印　　张：9.75
字　　数：151千字
版　　次：2020年5月第一版　2020年7月第二次印刷
书　　号：ISBN 978-7-5133-3732-8
定　　价：58.00元

版权专有，侵权必究；如有质量问题，请与印刷厂联系调换。